黃崗

《女也》是一卷蘊藏了二十多年的身體地圖。
原先，她是一個女孩，看著身體慢慢長成自己不喜歡的樣子。
　　後來，他變成了一個混世直男，欽羨偉岸與父權。
再後來，他又變回了她，女同志把直男深深鎖進櫃子裡
　她有時厭男，有時厭女，更多的時候討厭自己。
直到遇見一個人，教她喜悅自己更多於
　　翠鳥喜悅於山林。我打開約櫃
　讓他她祂都走出來，走入亮晃晃的人間。
現在，「X也們」，身體裡的複數，都是ta自己。
X可以是一個未知，也可以是一個拒絕二分的符號。

目次

第二輯　百合經

第三輯 華語酷兒

第四輯 生活已磨去我們一層皮膚

第五輯 愛

推薦序

女也的進化

顏艾琳

身體偶然生來，XX與XY的隨機排分成男／女，但心智與體態的鍛造，因個人的成長環境、家庭親情的教養、校園不確定的人際關係與社團互動，當初的純真嬰孩，在經歷種種世俗外緣，人格養成、自我認同、性別認知，皆隨成長期所提供的條件而變化。

人，可說是自體宇宙。遙看一個人宛如異星，靠近時才發現有星環、隕石群圍繞成一保護圈，有自己的意識文明與信仰儀式。一個人是一顆沉默的星球，自有磁場吸引共振者。

初次看到黃岡，我直覺她是他，一雙大眼遮掩在半披的瀏海，露出另一眼卻是李康生那種靈貓式的洞察與恍惚。X與Y在體內形成他、變化她，外表的「我相」加上內在的「她和他」，最後成為「我們＝我」。安靜又漂亮的人，欲隱藏又微微發光。

少年的我同樣瀏海遮半邊臉，在國小是田徑員、合唱團團長兼指揮、語文競賽的校方代表，拿獎是師長的期許，卻也能在每篇要光復大陸解救苦難同胞的結尾之前，寫下想要表達的故事。這是我突圍大人意識的機巧。國小畢業亟思破防規則，整個暑假狂嗑書籍，進國中也決心再不參加比賽。但體能評比卻被拉進花式跳繩隊。同黃岡一樣，我們是少數有二頭肌跟小腿肌的女詩人。

因此在展讀《女也》之前，我帶著跨越世代、性別與自我國族認同等時空落差條件，在每一首詩中讀到黃岡的背景磨合、宗教與道德游移、智識版圖隨生命遷徙、從東台灣部落到旅美各個階段，除了厭女厭男的反覆，被冠以女漢子、男人婆、女超人、潑猴、肖婆、變態等又男又女的歧視稱號；黃岡家中虔誠的基督教約束，在第一輯「身體體操」和第四輯「生活已磨去我們一層皮膚」，許多句子看得我心如刀割、眼球像有小刺扎進。這樣的坦承、寫實、扎人，甚至不溫情。但那些綽號跟著我的閱歷有了變化，大多數人叫我姐，亦有人叫我哥。性別認同有時倒是看個性來劃分了。而這可能是they的初階？

這本《女也》滲血溢淚，是因為每句每篇都是黃岡以分筋錯骨的文字治療，寫出自己的痛。黃岡是這個議題的研究人、又是被置於性別認同放大鏡下的文本。如此矛盾的主客體，作者能解離出兩種身分而完成嗎？看完全詩集，我認為在黃岡在自我轉化的生命過程中，已融合為「他們」（they）。

創作為「內在凝視」，生理女性是天生，而家庭信仰基督教，源於屏東的母親是外省第二代、原生父親是本省人，繼父為花蓮原住民；黃岡於十四歲改名黃芝雲，後又改回。若觀其外表、其詩，乃至研究主題，皆深具同志／族群／性別／宗教道德等多重意指。十四歲的少女黃芝雲我不認識，但我猜想，從血脈長輩取名為黃岡變成黃芝雲的過程，就是一段充滿家族與性別認同、自我定位劇烈搖擺的故事。同時想到，當時那麼年少就得不斷在各種質疑、修正、融入、抽離、傷害、修復的循環中，修練為多元自我的生理個體，實在令人擔心又佩服。

黃岡以一個女嬰的誕生，即被賦予族群血脈的意涵，XXY的DNA便深烙於黃岡身上。這種潛意識是否讓她注意到長輩的期待，會在學業和體能運動皆有拼強爭贏的企圖？在重男輕女不得不和男孩子一樣，因此激發男性氣概，成為T？在此提出一連串關於女性在先天體力與外表，後天環境「塑造」女人的樣貌，便是一件難事。更何況黃岡自家庭的基督教義，從馴服、疑惑亞當與夏娃的原罪，到質疑愛是什麼？埋下她將自身作為創作文本與研究的伏筆。

疑惑自性、國族、所愛對象的性別、原民崇尚萬物皆靈卻又牴觸基督教義，看似包容實則脫離不了後殖民的影響，這樣的人在台灣不算少數。台灣在一九八〇—九〇年代，性別覺醒、同志議題、女權、政治人權等書寫已冒出頭來，但同志作家一直到二十一世紀的這二十年內才陸續出櫃。而有些則選擇隱形，因種種原因仍結婚成家。但更少數游移在雙性、或擁有雙性性徵性器官者，若要保持原生理狀態或動手術成為單性，they的心理掙扎、受世俗道德的壓迫、歧視、霸凌等創傷，更非常人可想像。

二〇二四年因參加美國《魯保羅變裝皇后秀》奪得后冠的妮妃雅；多年來主辦「辣妹市集」的跨性別模特兒、表演藝術的酸六（黃志捷），不管they（不知不覺我選擇了they作為稱謂）以自己的興趣、裝扮、才華、身分贏得了矚目，但一如黃岡筆下的成長痛苦與醒悟「……如果我知道，這就是一生一次的蛻變／孩子睡著了會偷偷長大／我將睡得更沉些／／遼闊的意志被塞進了／小小的一個身體架子／／我痛的不是生長本身／是身不我予／頭頂的空氣太過寂寥」。

我是女生？女生一定要愛男生？女生為何要穿蓬蓬裙？王子為何是男孩子？當孩童意識到性別規範，男童黃岡過渡成少女黃芝雲；同樣的酸六如何自處陰陽同體的肉身；曹米駬以變裝包裹害羞的男體成為舞台上的皇后？

成長在台灣的我，經歷過戒嚴、校園軍訓時期、教育洗腦。好奇心好勝的我厭男又厭女，更覺得談戀愛是非常麻煩事。因為我也卡在自我定位的性別關卡。我的春夢裡，我時雌時雄，戀眷女性；或是明清的富家公子，左擁右抱；也有仙女騰空跟大地之母懷孕的形象，都是自我意識的變身。而這種早慧早憂乃至混淆，讓我明白，來經之前的歲月不需要在乎衛生棉、跟男生出遊會感覺不安、激烈的活動會撕裂處女膜、講話不可粗俗直率……我必須像個女孩子長大成女人，才符合天性。

一九六八出生的艾琳假颱風之名，風雨中選擇婚姻的家屋定錨女性身分，一九八六出生的黃岡分裂成芝雲，又改回到雄性名字，但此時不只是她、或他，而是包含雙性融合為一的they，藉書寫和研究自身酷兒經歷的各種創傷，寫出《女也》。五十二首詩，寫於十幾歲至現在的四十歲，《女也》是閱讀黃岡的線索，也是研究性別或酷兒理論的進階之書；詩集是自傳心聲，更是下半生的前傳。

繼酷兒理論之後，這是對性別、情欲、國族游離、自我意識鍛造、經驗分享的血淚之書，陰性書寫的再超越，也是將they的同志觀點介紹給台灣文學的第一本詩集。

二〇二五・二・十　於淡水

◎顏艾琳　生於臺南下營顏氏聚落，來臺北受教育後，一路遇到貴人師長，因此習得文學跟編輯技能。一個活得像魏晉時的嬉皮。玩過搖滾樂團、劇場、《薪火》詩刊、手創、公共藝術、農產傳播，極端天秤，狂狷古典。

推薦序

蜜糖小孩

鹿億

廣播裡響起「Sweet Child O' Mine」，窗外飄雪，這是我第二次翻開黃岡的新詩集——《女也》。

曾為黃岡的第一本詩集《是誰把部落切成兩半？》折服，就此，一失足參與了ta[1]將近三十首詩的翻譯工作。是ta帶我認識並愛上了一個新的台灣，迫

1 此文以「ta」指代所有性別的第三人稱。許多語言中都有著性別化的字眼，比如「她」或者「他」。但這可能會讓一些非二元性別的朋友感到「被動歸類」。看過這本詩集，或許你也會發現，黃岡並不願被歸類。所以，讓我們稱呼「ta」為「ta」。希望所有人都能在語言中找到自己的位置。就像，很久很久以前，「她」這個字也不曾存在。

不及待，想要讓全世界看到。黃岡筆下時常出現的意象，包括氣旋、檳榔、闊葉林、以及南太平洋。當然，這些都不抵 ta 對肌肉類專有名詞的執著。在黃岡的循循善誘下，我一個鮮少重訓的人，如今也對斜方肌三角肌的拉丁詞根如數家珍。

ta 的詩可以是嚴肅的，參詳典籍，埋身田野，用詩歌輕紗般的質地去觸撥歷史的血肉模糊。黃岡有時先是學者，才是詩人。我常會凝視 ta 的一些句子良久而不敢輕易起筆，再追著這位大忙人反覆開會，去推敲那些細微卻並不瑣碎的意象。ta 的詩也是稚氣的，疊詞綿延，往往抒著情就對讀者撒起嬌來。有些話題很沉重，所以要輕輕地講。你看嘛，眼前這小屁孩，揹個小背心含著麥芽糖，給你說了個故事。那故事可以很荒誕，你也不會害怕，那故事一定很真實，因為孩子不會撒謊。

在《女也》這本詩集裡，黃岡談及台商叔伯（〈華語酷兒 Sinophone-Queer〉），也講述國民黨訓政（〈Discipline〉），「牆上還掛著蔡英文的照片」

（〈女也〉），ta筆下的台灣豐實完整。黃岡的文學亦會偶爾勾勒出台灣靈性層面的多元。如果你也迷星座，敲敲肝經膽經，拜拜耶穌菩薩，還不小心撞過阿飄，那麼，你會在這本詩集中收穫許多驚喜。

ta在用一種獨特的視角審視著世界的台灣。地誌書寫是黃岡一貫擅長的，而華語酷兒系列（第三輯）將尤為鮮活的文化意象紛紛鋪羅在離散的地圖上。ta記錄，身處異鄉的亞裔新移民酷兒在西方世界的光芒與窘境——不同於美國華裔，不同於台灣本土，亦不能被泛中國化（sinicization）。黃岡援引並鑄造了一個新名詞——「Sinophone-Queer」。自此，華語文學的健身房裡出現了「北美古巨基」在舉鐵的精彩畫面（〈雞胸肉〉）。西方世界的酷兒理論廣譜而流動，讓很多在本土社文環境中無依歸屬的酷兒們，找到了適配的身分認同。但黃岡在接近這種歸屬的方式又是小心翼翼的，或許ta在避免著一場已然發生的文化殖民。

後來，黃岡好言相勸，說槍與玫瑰這種團已經被文青們聽俗了。汗顏，誰說我不是個俗人呢。想起初識黃岡這位雅士，ta剛來美國求學，是個春風得意的蜜糖小孩。高翹著短馬尾，後腦勺剃髮，妥妥的undercut princess。學習刻苦，待人得體，但舉手投足又透著股直男癌晚期的酸氣，撩妹時喜將自己的詩集扔到漂亮姑娘臉上。我閒聊問ta是什麼性別認同，ta似乎有些侷促，無法言明。我又問為什麼不出本酷兒詩集，ta腮幫子咬緊，舉過手中的啤酒耍孤僻。

當時，黃岡參與編輯了《同在一個屋簷下：同志詩選》，我猜，那大概是對《女也》的一次播種吧。ta在詩選的序文中描繪了最想看到的同志文學的樣子，又在《女也》裡身體力行地實踐著。比如，詩選序中，黃岡呼喚創作者「不要將場域『同志化』，或將同志『場域化』」，以防同志群體因為與一些場所的綁定，而不自覺被加深了刻板印象。如今讀著《女也》，ta筆下的健身房、酒館、廁所，都是別出心裁的。詩選序還強調了「身體書寫」，於是，你會遇見〈生長痛〉、〈鬼壓床〉、和〈性別焦慮〉這樣的作品。其中，黃岡以超現實主義的狡黠想像去注視女性的生理，以及跨性別、非二元性別等群體

「身」與「心」的對立統一。

我似乎體察到了，這個蜜糖小孩正在蛻變與衰老——衰老並不是一個貶義詞。在創作過程中，ta開始更積極地內觀，也更平和地「外觀」著身邊的女性、男性、各類性別被賦予的社會性。將自己打開，與自己言和，真的好勇敢。ta直面了很多作家無法觸及的恥辱禁區——厭女、厭男、酷兒群體內部的性別歧視。黃岡曾問我，最渴望大家了解這個群體的什麼，我說，同志關係裡依然有侵犯、操縱、權力動態（power dynamics），而一些酷兒文學在這類議題上選擇了失焦。我們不應該必須要成為完美的人類，才能得到最基本的身分認同；更不必為了得到尊重，而假裝群體裡的每個人，每種行為都是無暇的。《女也》成為了一個契機，一份修正。

這本書的最終輯，是愛。最後，最重要的，是愛自己。每一位酷兒，都是自己的蜜糖小孩。希望讀到它的人都能一同加入，這場始於自己也終於自己的集體療癒（collective healing）。

今天是聖路易此季第一場雪暴，我的序寫完了。與其說想要推薦這本書，不如說，想要推薦書中對華語酷兒的看見。這是本「不分黑白」的詩集，包容了色譜上的你我，還有那麼多個 ta。假如你也還不能找到自己，你的存在還不被看見，但願這裡的某一首詩可以帶給你小小勇氣。甚至，當你還未準備好「愛自己」，那也沒有關係，我依然祝福文學可以成為你的安全之地。請先休息下，你已經努力很久了。

小時候老師教我們形容雪，說它銀裝素裹，總是白的。長大了的我們看向雪，看她包覆塵埃，降落在靜謐的霓虹燈上。女孩經過丟下七彩糖紙，假若街口的那隻小老鼠還沒凍死，將會在日出一刻見證極光。這世間，從不是只有黑白。

二〇二五・一・一

◎鹿億 Louie 詩人，翻譯，讀者，黃岡的好朋友。幾篇散詩曾刊於《創世紀》、《吹鼓吹》等文學雜誌。內容多關於女性主義、心理健康、性侵、家暴、創傷等。正在創作厭食症主題詩集《Feminine Famine》。

I

身體

體操

童詩

正確無誤
寫在方格裡的中文字
吐出花蕊的筆芯
乖乖排成方格子裡
歪歪斜斜的蝌蚪
奮力游向前去
我的想像力
如果畫不成一朵花兒
那就寫成一首詩

有夏蟬，雨鞋和蛙鳴
用夢裡的韻腳
踏出一整片花園

星期三放學半天的午後
雷雨降下清涼
而我的雨鞋輕快
綠色金龜車飛抵窗前
一個水窪一個坑
空氣中濺起蛙鳴的濕意

為了採桑葉
晴天的時候

孩童爬樹
雨天讓位給蝸牛
蠶寶寶吃桑葉
我吃桑椹
回家的下坡路
我是一朵開在雨中的花
沿著傘緣滴下，雨雨雨
噠噠噠在雨鞋上
雨的罩子把我包裹成一顆種子
雨的對街，有一道虹在發燙
我來了
就要對著世界宣告

那是在
詩人意義未明
而我決定
成為一個詩人的時候

生長痛

1

立可白，寫字塗鴉
穿心箭，妳的
和我的名字
有時，在同一把傘下
有時，在同學的耳語中
相傳，我和妳淋的是同一場雨

木頭桌椅，互相傾軋
地殼隆起變形，乳頭訴說
我們的心事，小木椅又拉近了距離
兩顆頭顱大大方方靠近
徜徉泥火山，板塊碰撞
我們微微隆起的襯衫

2

我的身上長出了意志的河谷和森林
無限延伸的雙腿，褪去了鱗
向上拔高的丘陵，活火山泥丘
腋彎盛滿了水，柔邊的肌骨
夏蟬的羽翅，曬乾了冬季的霧霾

屬於我的生長痛，在孩子的靜脈中流竄

如果我知道，這就是一生一次的蛻變
孩子睡著了會偷偷長大
我將睡得更沉些
即使全身的骨骼都在咯咯作響
都想衝破這層肉身皮膚
意志的形狀，浩瀚並有無限可能

3

我真切急待的意志無法轉化
的切膚之痛
當生長板長滿長好

我短短的旅程便戛然而止
腿股和手臂淺嚐初放的喜悅
便擱淺在灘
而我的手指來不及抽長
遼闊的意志被塞進了
小小的一個身體架子

我痛的不是生長本身
是身不我予
頭頂的空氣太過寂寥

束胸

我曾做過一些，如今想來
純潔而美好的小事，譬如——
牽著學妹的手在媽媽面前
告訴她我愛她，也愛她
一向優雅的媽媽
笑僵了臉，客客氣氣請她喝茶
學妹走了以後
一本聖經砸向我的臉

她在洗衣機裡發現了我的束胸
一隻手理直氣壯地遞過來，標準答案
「運動內衣、接力賽」云云
對半反折
折翼少女和弟弟的四角褲躺在了一塊

魔鬼氈像砂紙一樣挨擦著我的乳房
我穿著校服睡覺，凌晨五點半
胸部準時驚醒
搭那好心繞過城邊的唯一校車
趕在七點半鐘聲響起前踏進校門
我蓬亂的髮，齟齬的牙
都在那些驚悚的晨間自習裡

橫生交錯，青春唯一可控的
是一對不斷生長的酥胸

鬼壓床

我胸口的那一隻鬼，他沉重
不堪負荷
伏在胸口一輩子了
總折我的腰、駝我的背
讓我無法挺直腰板
使我的奔跑凝滯於風中

十二歲整，那隻沉重的鬼敲開我心門
他鑽了進去，夜夜

鬼壓床，等待白晝的來臨
他鎖緊我肋骨，盤桓
在胸前，沉甸甸
使我無法動彈

我不知道胸口有什麼乾坤
鼓脹爆裂，河瀑不經意睡去
沖垮了肋骨，腫脹疼痛的平原
揪著我心口，像我的原罪

他跟著我上學，他在木椅上睡覺
女校人人胸口趴著一隻
孜孜不倦寫考卷的鬼

我得以驗明此事是由於
那些透明襯衫裡的衛生衣
都支楞起一個個的鋼絲棚架
這就是為什麼
我知道他成功的變形記

他夜夜掌舵，在睡眠渡口
載來滿船花瓣
一瓣一瓣貼於門庭——兩盞金燦燦的花
過渡我到彼岸，使爾等在噩夢中成形
青春期撐破我的黃襯衫

我試過把他纏於胸前

他變成木乃伊
勒得我無法呼吸
我解下繃帶，身體都是瘀青
我試過溺他在水中
他變成了水鬼，抓得我
滿身是血。我擰斷他的脖子
他吊著頭，睥睨地看我笑話

我吃藥控制他
手臂茁壯，長出多毛的森林
即使嗓音沉入了湖底，他也依然認得出我來
依然夜夜壓我，翻身時
尤感覺到他的存在

那隻纏了我一輩子的鬼
終於在今天離去
我沒做什麼，只是同了意
那把懸在頭上的鍘刀就這麼落下
順著標線，剷除那溢出的
抹出一對平滑均勻的胴腔。死了的鬼
棄心口而出，雲蒸霧散
而一片坦蕩蕩的歸途
我的無咎之罪

女神變形

我忘記了我十六歲的身體——
無法可想、無跡可循
她應是雙乳圓白、落下兩粒青梅
掩映在佈滿蒸氣的澡堂鏡子中
我有過的凝視，落在同心圓的乳之弧線上
也曾戲謔地撫觸看她如何身為女人
而地母觀音、女媧夏娃諸神肆虐眼前
天啓洪荒，我自一片茫然的神話中站起
想著我如何逃離伊甸園

如今，堪比棚下絲瓜鬚根垂條篡取養分
（而我卻非瓜瓞綿延，或垂垂老矣）
童年時奶奶換衣迸落的兩粒就這麼植入眼前
慾望仍像丘底湧泉流動，汩汩與河谷溪川匯合
（可恥地慢慢站起來，自泥黑沼澤處）那年
我拿裹尸布壓迫她們　勒緊，纏繞，窒息
不願她們如此美好，吸收陽光空氣和水
還可以和我侃侃而談繁殖，我不再凝視
直到那一天妳毫不客氣將她翻出來舔舐
喚醒沉睡凹底的黑暗
從丘之頂萌發絲絲細膩傳遞全身
如同　雷擊那一震顫
我復甦醒再度欲望、再度凝視

即使鏡子破裂也無法掩飾她
醜陋、垂敗、卻顫慄如春櫻

女也

一

我聽見體內一顆時鐘在走動
有時順時針　有時逆時針
返復繞圈　如走陰陽極地
有時和我不寐的羊群重逢
他們彼此盱衡夢境的份量
與現實多重敘事的軌跡
羊群繼續往夢土上聚攏

而時間　則傲然大步向前

我時常諦聽體內那顆鬧鐘的滴答聲
不論我的身體是鬆弛　或痙攣
我有維納斯的智慧和貝羅納的士氣
多想奮力丟開那些熱水瓶　電毯　與暖暖包
戴上頭盔　執劍站起
與報表　計畫書　甘特圖奮戰
我的身體已彎成弓形
像鎖死的簧片拔張不開
我的傷口在流血
你可曾聽見
一片滑落自壁崖的

胚胎的啼哭
男人可以知道血為何而流
但我往往弄不明白

二

此刻他的呼吸勻稱
睡眠像嬰兒那般綿長
他的髭鬚會在夜裡滋長
兩性專家說　男人專注而勇往直前
女人　刺激點多而思慮周全
這大約只對了一半
那些專注衝刺的女人

她們把自己的月經
掛號在婦產科那裡
經久見一次面

她們像自己的早產兒
脫胎自貧瘠的愛情
她們身後往往沒有
勞苦功高的男人
她們要自己餵狗　收信　澆花
也會自己ＤＩＹ和冬令進補
他們最好的朋友有時是聖經
或金剛經　有時是笛爾多

老實說
我的牆上還掛著蔡英文的照片
不是因為她是（前）總統、三軍統帥
而是因為她是處女座
單身，還養了貓貓狗狗

三

我在廁所接收那未果的殘存忽而就淚流滿面
我是一無所有的農婦
身體是一只輕盈的透明手套
一隻手伸進來耒過我貧瘠的土壤
再把我從裡面翻過來

我就成了個浴血小人
齜牙齜牙地滿街尋找
一片衛生棉
和一顆止痛藥

某大詩人曾說
人生最輕盈的時刻莫過於
性的時分
他肯定不是什麼太好的詩人
把輕盈構築在女人的沉重上
拿一柄槌子撞進女體裡
還以為是和尚在敲鐘
我們承接你的歡愉和自己的歡愉

最後重重落下的還是一枚
一槓　二槓的神秘詩籤

我也多渴望像你一樣直率地睡去啊！
像你擎天的執著又幡然的悔悟
此刻我聽見自己體內血在汩汩地流
我的流血不為了生靈塗炭
不為了宗教　不為了戰爭
而是僅僅為了
成就一個完整的　女人
她
面目猙獰
巍巍峨峨地

自一首劉半農的詩中站起
不知那裡，
可有羊兒低頭吃草？

女博士

如果妳是一位女博士
可能已經結婚。也許並未
家中可能有么兒或稚女一枚
貼在心上的時間與論文均等
夜深人靜，童鼻已息
妳多麼害怕靈光來敲門
而夢似羽毛不停下墜

傅柯輕輕咳嗽：

「全視場域，rebooting…」
妳奮起奔向電腦，月光衝破樹梢
撞進妳眼裡，而星星閃耀地太刺眼

妳是一位女性主義者
可是卻茹素在閨怨之中
懷中早不流行揣著琵琶
可還是惦起那遠颺的男友
妳胸口有一隻尖銳的鋼筆
綠色的血，從悖論中流出，抵抗
以孤獨和思念，實驗
以兩性平等和多元參數
妳以雙乳做田野，赤腳走溝壑

妳一邊給出的同時也一邊汲取
左乳餵兒，右乳撐著乳暈思考
這一切，都與男友書簡裡那片
羅布斯湖的靜謐湖水不同
他太年輕，如一株自焚的水仙
耽溺愛與美

妳走去，不慍不怒地，以文火
煨一碗老老的丹蔘湯
這樣妳就有足夠的時間，愛他
捋清思路，完熟一份自足的
文獻回顧。並把生命鋪展成一條
長長的銀河

一次演講中，有人稱妳為：女博士
妳拍桌一呼：博士就是博士
並註銷了這場演講
有人說妳小題大做
有人昂首稱是。無人知曉的
185次引用中
是用奶瓶，失眠，與
剛洩精的屌寫就而成
當他轉頭沉沉睡去
妳雙腳踩進粉絨拖鞋中
小船搖櫓一般
滑向心之琥珀

雞胸肉

我的身體裡住著一個肌肉男——
　猛男、巨巨、大肌肌
他靠吸食乳清蛋白為生
最喜歡雞胸肉，溫體豬
孢子甘藍與哈瓦那辣醬
撒一把玫瑰鹽，搗碎羅勒葉
給雞胸肉馬殺雞，想像有一天
它長成兩塊肌胸肉的樣子

甩手，上槓，加鐵片
臥推一組十五下力竭
白花花的脂肪後
有活生生的肌肉在呼吸
蛋白質推搡鼓譟，我練
那永遠也看不到的胸肌

組間休息五分鐘

左飛鳥，右飛鳥
啃噬我的肌肉線條
汗水滑入乳溝
傷口正在修復

胸部不知道為何而脹大
而胸肌在乳腺後喘氣

組間休息五分鐘

降噪耳機使一切都成無聲畫片
音樂轟鳴
你可曾聽見崖上
肌纖維斷裂的聲音？
早上吸吮的高蛋白，此刻
正盤附著傷口修復，生長出嫩芽
我體內的肌肉男——
　猛男、巨巨、大肌肌

聽見歡快的板塊錯動之聲
隔壁拉丁男人嘶吼的同時
我與他一起

組間休息五分鐘

他興奮的時候會戴著耳機打拳
而我會對著鏡子自拍
想像一把餐刀直直落下
刮去白花花的鮮奶油
圖窮匕首見——
我是一個胸部的死士

我望向他，他望向我

肌肉男的靈魂昂藏於
五呎二吋的身體裡
　而小身體準時劇痛
爬過黃體期的高坡
　推著槓鈴
　　匆匆下山
　滑輪
與峭壁上的血斑拉鋸
汗水把我黏在皮椅上
　而我的視線
只剩下天花板與吊扇

旋轉，跳躍
熱與睏

而假如此刻
天花板像我的肌纖維一樣
突然斷裂，而吊扇砸將下來
我和板凳上的十幾個肌肉猛男——
美國隊長、黑人熊大
拉丁小電臀、北美古巨基
L. A.馬東石、台灣小正太
就不只是力竭，更因為吊扇的緣故
被絞殺於無形
我等的氣力山河

將永誌於傍晚六點十分
　老搶不到的一張臥推椅上
汗水與清潔劑消毒水交融
而我留下的唯有一灘血肉模糊
「撒一把玫瑰鹽，搗碎百里香……
給肌凶肉馬殺雞。」
我身體裡的猛男已死
而我的子宮正要孕育

跨性別男——漫威英雄

我努力敲打自己的肌肉
鍛鍊自己在一個物慾橫流
蛋白質充沛的世界裡，鋼鐵一般
的生存意志。漫威電影裡
爆棚的男性氣質不是我的生存範本
卻是圍繞在我女伴旁
一個個癡迷的跟蹤者們
每日上演的英雄想像

瞧那一個普羅米修斯
為她偷來天庭的火種，甘冒不韙
在她窗前小小的、暮靄甸甸的晨光裡
點燃一座佛手柑香薰蠟燭
那一個索爾用他的雷神之鎚
為她鍛造了白鋼項鍊快遞直抵門前
還有一個雙魚座水行俠
柔情洶湧，把她的門檻
都踏成了眾神的花園

我依然辛勤鑄造自己的二頭與三頭
細細雕琢斜方，臀大肌與前鋸肌
在健身房裡進行一次又一次的快感凝視

為了報復，也為了長成
自己目光中的男性
正如同他們認為自己有權
隨時指導女生動作，像一個個
不請自來的禮物們

我雕塑著自己的身形成為壯美的謳歌
在偷窺的愉悅中，噢看看
那跳躍的胸肌（都讓斜方代償了）
那飛舞的肩頭肉（鷹嘴突都掀翻了手臂）
我穿梭於淋漓的汗水與腋味之中，噢
如同注射了一劑強而有力的睪酮素

我厭惡英雄，卻又渴想成為英雄
繼承他們的各種寵溺與頭銜
再如異性戀般愛上我的蕾絲邊女友
重蹈一切英雄的覆轍

Discipline

Boner

以瑜珈墊在傍晚夕陽
六點三十分洒落的落地窗前
鋪就一方靜謐，舒展
即將結實累累的
斜方肌，三角肌
肱二頭，肱三頭

胸肌，背闊肌
腹肌與核心
我解剖自己的身體
為著我那無法解剖的性

手臂的酸蝕感
有那年操槍的記憶
右手旋槍一百下
三轉跳，海鷗飛進
夕陽染紅的大操場
細雨斜打過穿堂
浸濕的黃襯衫貼在喘氣的胸口
前方女生的內衣帶子滑落

掉在斜下去的肩上
亮鋥鋥的黑槍打在虎口
力的擺盪與勢的收斂
使全身的骨頭悚然一驚
短梗青草興奮的搖頭招手
弄濕了我們腳踝上的白襪子

傍晚六點三十分的團練
每個人的頭頂上都有一個
蚊子的氣旋風暴

百褶裙下昂然竦立
無形無狀——

少年般的一股衝動

Chest

高中以後我失去了我的槍
流蘇墊肩，穗花排扣
紅色與黃色的風馳電掣
白色長靴終於越蹬越遠
終於看不到方向

我找到了一座健身房
在滑輪下拉中喚起了
身體的規訓記憶
細胞展開雙臂大口呼氣

我的身體裡有一段鐵軌
和一些鏽蝕的氣味
力量沿著軌跡徐徐前進
時而加速，時而煞車
在力竭時槓片撞激出星火
我是辛勤的打鐵人

肩推的時候有時
肩帶依然脫落——
黃襯衫浸濕的拖沓感
依然困擾著我
軌道沒入草叢時
我的啞鈴在空中拋成了

旋轉的槍，三轉半後
落入我綁帶纏繞的虎口
紗布上染紅了鮮花

我練那怎樣也看不到的胸肌
臥推的胸型集中托高
完美的半罩式弧度
可我多想搗亂那兩坨
白花花的脂肪像
士兵擊碎蛋殼，用吐司
鼓搗進汨汨流出的蛋液

Exchange

清瘦的大地上
胸肌撐破了地表
拳拳之心跳出了心臟
忠實地對待那些曾經
被豐胸與少年般的臉龐
弄得困惑不已的
異性戀女子

我矇住她們的雙眼
聽見隊長學姊的皮靴在身後
跺跺響起——

叫罵聲響徹雲霄
我就揮動皮鞭
如雨點落下——
只有在表演的時候
她們才會露出燦爛的笑容

請矇住我的雙眼——
請穿高跟鞋踩碎我的胸膛

Blood

深蹲時我的少年
如臨大敵，昂然挺立

肩上挑著苦難的隱喻
骨頭再度磕磕作響
斜方肌、三角肌、背闊肌
肱二頭、肱三頭、
胸肌、腹肌、核心
臀大肌與大腿肌
雙腳抓地，忽然——
兩腿一濕
少年自我體內滾出
一抹駭人的紅
我惶惑地自鏡中看去
一名三十歲女子和她的槓鈴

頹然坐倒在地

They

百褶裙的傘蓋下
一個受傷的少年
捧著破碎的胸膛
頹喪的雙乳
烏青似的墳

我的女人愛我的性
當她探進我的墳裡
洶湧在她的舌尖

像小蛇蜷在斷掉的樹墩上
曬著冬日的陽光

掀起裙蓋走到了人間

無形無狀的少年

走過了操場，走過一段廢棄鐵軌
走入了黑夜，又走進草原
走入我夢中，走向戰場上
走進愛人的身體裡
他行軍，他坐臥，
他的夢粘滿了鬼針草
他在星光下裸睡

我和他
靜靜坐在傍晚六點三十分
夕陽洒落的一張瑜珈墊上，舒展
我們即將結實累累的身體

後記：
文中敘述者參與的是高中女子儀隊。學生儀隊是國民黨政府訓政時期下的產物，旨在培養愛國情操和推廣軍訓教育。儀隊訓練極為嚴格，但學生可以參與國家大型慶典和國內外競賽。

II

百合經

初見

在群眾身後，她看見了我
也許是我行走的樣子
也許是我黑暗中的影子
都與想像中無異
我卻難想像走在她的世界
該是什麼樣子，以何種修辭
表達今天的天氣，是否應該踢掉靴子
還是拔掉耳機
與她的目光相迎？

整個戰場都是下坡路
鐵鏽生澀的氣味
消毒水混進汗味
遠方有火焰與打鐵聲
一聲，又一聲
敲擊我的心臟
逗引我走向她們的競技場
貝羅納，雅典娜進進出出
而我的太陽穴竟像乃父一樣頭疼
不安豎起了我的衣領
而衣領之後面是一陣陣吆喝聲
眾目睽睽之下她看向我這裡來
一眼，射穿了我的驕傲

在我們的注視之中
夏天已然來臨

羞赧的四周都安靜下來
她的目光灼熱而
我只感覺到冷
我的戰場不在此地
在我的失聲之中
她已然綻開笑靨

她來了——
我以我的靶心
迎向她的箭矢

漁村女性職業傷害調查

一

「我們家是世世代代的漁民」妳說
口裡嚼著森永牛奶糖
在說到「世代」二字的時候
妳顫笑了一陣
脊梁骨一歪
說好想看我乳白色的胸脯

「像月光一樣哪！」
脊柱的錯位是塌陷的琴鍵
七零八落唱出一段
貧瘠的愛情
生長在骨刺之間
月明的時候妳擣衣如杵
在節拍上敲打男人的襯衣
砰　砰　砰　頻率
如他抓著妳的頭撞牆
耳畔旋起風暴
蜂鳴如同海嘯
黑潮來了
我們去礁石上採貝

秀姑巒的溪水奔湧入海
男人的船隻繫在岸邊搖盪
像繫在妳裙頭的帶子
我熱烈扯放任船隻迷航
任憑妳教我測探風的方向
以及撬開海貝的秘訣
我倆吃得一手腥
在退潮的山洞裡
在貝殼的浪聲中
妳拱起的背正嘎嘎作響
我的遮陽帽飛進了海中

二

痛是生活而不是形容詞
妳搖搖晃晃的追打
跛出了院子
酒瓶敲在牆垣
男人踱出了牆外
銀杏樹生長在海邊
銀杏花卻落在了窗前
醫生在妳背上佈滿電極
埋下的地雷誘引我靠近
我不可抑止地彈奏妳的脊梁
撫摸妳嶙峋的骨節

由上往下第四根
如果能掀開妳的背蓋
把凌亂的脊椎排好
是否妳便不那麼疼了？

三

我們嗑起了鮮肉包
肉汁從齒間滿溢而出
妳說某年某月的焚風
把行人的頭髮都點燃了
魚腥味混著熱風
一團黏稠壓抑的氣氛

職業傷害，疼痛等級都已載入史冊
我卻帶不走妳的痛
七月是離開的季節
進城的火車靠岸
淺淺的海灣包攏著妳
大武山下妳夕陽似
淺淺地笑
夏天在七月的屋頂上放一把焚風
燒了這冊漁村女性職業傷害調查書

有條件的愛

我花了十年來測試一項理論：
有條件式的愛。如何證明
其不為悖論、不為
情感氾濫之質性研究？

臉書數據庫顯示：
母親成為臉友這十年來，按讚數計有：
美食美酒打卡餐廳文２６０則
文學成就４０則

學術成果25則
廢文討拍文180則
生病禱告關懷熱線55通、203則語音
關鍵字涉及同志、酷兒、蕾絲邊、悅悅1則

這是一項耗神費時的研究
以自曝私生活為誘餌兼——
同意母親教友的交友邀請
可是耶穌說：不可試探主　你的神

我是我自己曠野裡，一頭孤單咆哮的獸
在曠野中大放異彩，你們都來看我

看我展現天生異常的絢爛羽毛
看我躺臥的草原是彩虹色的
安歇的溪水處有鹿慕清泉而來

然而生而為人——
我不是一個持家的長女
我並不想生養眾多
我甚至厭惡自己人類的軀殼

我很抱歉——
囊括了所有的獎盃還是不能讓妳
對我睡袍底下露出來的一條小尾巴
點讚叫好

最終發現，量化研究——
不，我不需要數據來證明
無條件的愛其實並不存在
一場質性研究，明明白白
證實了一顆破碎的心

百合

眼睛，在黑暗中眨眼
而我在性的裡面
在綠園中奔跑
在泥中將自己揉碎
愛人沿著河床
一一搜集我的肋骨
陽光下再將我一一排好
我溶化了的骨頭
化為她骨中的骨

我是她肉中的肉[1]

有人，在黑暗中眨眼，在洞口
在我們醒不來的惡夢裡
太陽的腳正經過我們的乳房
若有誰走過，就告訴他懸崖的方向
教他擰下一朵百合花
併山谷裡撒下的陽光
墜落，墜落……

當一隻手將我從山溝拔起
我的根還做著雷電交加的惡夢
手指，在黑暗中

解碼第三個房間的彩虹頻道：
「陽台上繼父的情色想像」（高清無碼
制服控／百合蕾絲／調教：
教養孩童，使她走當行的道[2]……）

當百合花被掀翻的時候
有人在黑暗中眨眼

母親的方言禱告年年歲歲，碎碎

1 《聖經》〈創世紀〉第二章二十三節：「這是我骨中的骨、肉中的肉！可以稱她為女人，因為她是從男人身上取出來的。」

2 《聖經》〈箴言〉第二十二章六節：「教養孩童，使他走當行的道，就是到老他也不偏離」。

唸唸，羅馬書一章[3]金句和空中飛舞的碗盤撞擊
迸裂成銀箔，女子的眼影
撒落於白皙微汗的肚腹之上，
「她們的女人正把順性的用處變為逆性的用處！[4]」
哈雷路亞。我的心跳，怦怦，怦怦
告密者的黑影
停柩於一方花圃之中

風隨著意思吹[5]，花蕊輕輕顫（快呀，快將她摘下）
我聽見風的聲響（這兒呀，在這兒）
卻不曉得要往哪裡去（往懸崖的方向去）
花萼鼓脹爆裂，向十七樓的陽台墜落

我將生出愛人的骨骼
在一次又一次碎裂之後
在下水道積滿我的骸骨之後
我的種子將按著神的形象
在陰溝濕泥中開花

這次，我將不再奔跑

3《聖經》〈羅馬書〉第一章為宗教反同志運動中最常被引用的章節之一。

4《聖經》〈羅馬書〉第一章二十六節：「因此，神任憑他們放縱可羞恥的情慾。他們的女人把順性的用處變為逆性的用處」。

5從「風隨著意思吹」到「卻不曉得要往哪裡去」為引用《聖經》〈約翰福音〉第三章第八節經文：「風隨著意思吹，你聽見風的響聲，卻不曉得從哪裡來，往哪裡去。凡從聖靈生的，也是如此」。

我將轉頭定睛：母親，
我能做一個愛神的人，暨
另一個女子的愛人了嗎？

冒名頂替的基督徒

「這是我的身體，為你們捨的。……這杯是用我血所立的新約，是為你們流出來的。」——路加福音二十二章十九至二十節

覺得自己是個騙子
是在吃下聖餐禮的那一瞬間
白白的一輪米果
在我舌尖上升起
泰國濕漉漉的朝陽
溫度，濕度，椒辣烈陽

像蝦餅綁架了我的舌頭
染成五顏六色的舌苔
品嚐你的身體滋味
有一種純潔的味道

我以為米果上記載著通往天國的密鑰
所以每一次都揀一塊最大的
放嘴裡，像抓周
含住你的身體
卻抓不住你的心
那些品嚼你的人
最終還是背叛了你
在不義的餐桌上

光潔的酒杯高舉

從伯利恆走到龍山寺
橫越沙漠，濕谷，短松
闊葉林拂你照面
我為你洗腳
換上Cross涼鞋
我為你容妝
雌兔眼迷離
你又怎麼能分辨
誰是真
誰是敵基督？

我一飲而盡你的體液
你為我流的血
卻有廉價葡萄汁的味道
我合該喝這摻有雜質的血
配我這冒名頂替的基督徒
口不能吐方言
愛無能多元成家
然我可以為你留下這杯
掰開這餅
繼續
沒有廉恥的愛你

萌萌

「這種愛，是從仇恨中生長出來的。」
——尼采《道德系譜學》，第一篇第九節

萌萌，你們也有不同的系譜嗎？
在這個世俗的國度裡
我們有不同的黨羽密林
而你們擁戴一位哲學家國王
與避雷針同坐房頂

萌萌，長老們說要獨立
你們就在美麗島紮起小旗子來
也曾與原住民族一同遊行
給他們蓋教堂
還他們名字和土地
山邊海邊都有你們的足跡
你們不是故意要與律師和政治家交往
只是遊行的時候認識
一起彈吉他、一起打官司

萌萌，獨立是一種美德
可是萌萌，我也想保家衛國
做一個名譽的哥哥或爸爸

和另一個體面的哥哥或爸爸結婚
領養一些弟弟和妹妹
貓貓和狗狗

萌萌，你們生來就喜歡疊字嗎？
男男和女女
各種排列組合可以嗎？
或者男女男，女男女？
嫐嫐與嬲嬲？
可男可女、非男非女
從女跨到男、從男跨到女？
熟識草木之名，是為明草
是你嗎，萌萌？

萌萌，以愛之名可以攻陷城池
各種仇恨團體也倚仗愛而進行
吸納與排除的遊戲

神愛世人
電線桿都知道的道理
可是世人並不見得彼此相愛
我們只能在有條件的愛裡
學習無條件的付出
要人下跪的愛並非真愛

萌萌，請不要擋住立法院的去路
我們不會燒殺擄掠，強盜姦淫
民法和聖經都留給你們詮釋

我們有一月的大選
四月的大雪和
六月的驕傲
十字對虹彩
猛禽對羔羊

性別焦慮

「一種不適感寄存於混搭的身體與性別之間」——英國國民健保署

握筆器

還記得小時候的握筆器嗎？
那一顆顆套在筆桿上
粉紅粉黃粉藍
奇形怪狀的
橡膠圈

意圖將捉鹿腿、砍樹枝的手
矯正為一雙寫字讀書的謙謙君子
不再五爪張揚，只要
三指游刃有餘
就能攀龍折鳳

那橡膠圈所發出的
粉藍粉紅粉黃的光暈
是何等奇異——
一種蹣跚的
邯鄲學步

——成為你所不是者

矯正

長大後，才發現
不只是握筆的姿勢
我整個人生都需要矯正
還有視力、牙齒、性別
與外八的走勢
稍息立正站好
唱國歌

被矯枉過正的人生
眼不能斜視
牙不能歪長

歌不能亂唱
嘴裡總有一股
消毒水的臭味

把錯的扳正
是為矯正
——成為你所當是

性別焦慮 Gender Dysphoria

罹患了一種性別焦慮症
我的身體不是我的身體
就像第一次持筆寫字

那一種生澀的肌肉運動
以截肢的身體記憶
學會駕馭
虛幻的義肢

我給自己安好馬具
髖部與腿，像羚羊
長而有力的蹭蹬
綁上扣環，笛爾多銜鈴搖盪
而我驛馬心動

Strap On

笛爾多銜鈴搖盪
月色漫長
而胯下安穩
海底輪發功
肌肉箍緊小背帶
我如繁花附體
四蹄生輝
嘚瑟著
高空落體的心臟

顫抖著
笛爾多吹奏出一曲繁花之歌
你在我青色的血液裡歌唱
扣環清響
皮革生香
作為你的一匹馬
我希望自己
潤滑有餘
充滿溫度

月天蠍

這世界對妳充滿敵意
而妳報世界以
緋紅色的唇
游向眼角的餘波
謎樣的月光
灼灼逼人

這世界餵妳以毒藥
而妳毫不猶豫以

緋紅色的唇咬碎了吞了下去
彷彿死過一千回
卻曉得用一世來報恩

回音

1

我給你的信是一隻斜掠過水面的海鷗
歪歪醉醉地剛從黎明啟航
思想是傾斜的羅盤
載浮載沉的思念

2

大船不願去到真正的目的地
他扭轉螺片掉頭回陽光灑落的島嶼

地圖上未知一隅
他深知我的偏離不會出現在衛星儀上
但思念的虛線會

3

信上沒有寫的
都記在日記裡
我以為自己說得夠多了
但沒有風浪的時候
海相當靦腆

4

我手中的單程票被雨打落

焉知這是一趟沒有回程的航行
當風暴來臨
信和話語
思想與革命
都擱淺在陸路上

你是霧　是清晨
你是船上輕輕的搖蕩

昨日

這是一輛藍皮普快車，恍惚駛進昨日
列車款擺
在窗玻璃的瞌睡之間
昨日漸漸甦醒
而你漸漸就睡老了
列車行進得這麼慢
彷彿昨日太長
今日太短

（列車快要開了
還沒上車的旅客，請趕快上車）

記憶裡的末班車駛進甘蔗田裡
睏一個好甜好甜的覺
奔跑的腳踝上泥巴的清風
一路從枋寮跑進山裡
颱風也跑進山洞裡
再從袖子裡鑽出來
探出頭，看見滿原的芭蕉葉都被雨打落
撞進太平洋裡滿眼滿眼的藍，滿山滿山的青翠
彩穗帶霞帔，十字繡花情人袋
時間掐住喇叭的聲線在山谷裡放一槍！

（車上售有太陽餅，保力達，保險套，以及
檳榔，有需要的旅客請向車服員購買）

記憶的藍鐵皮站站都停靠
像考試考壞了的孩子忘記了怎麼回家
在摁停的時間裡
人們無聊的望著窗外的風景
你看見自己站在稻梗間逃該上的學
可是快樂卻如顫抖的飛鼠
被茏葉青青擁抱

當青翠的記憶化為一顆檳榔
滾落在家鄉的檳榔樹下

一個身著華服的排灣族貴族
將我放入口中
多汁的記憶迸發開來
在他唇上留下了殷紅的血漬
大武山的風
輕輕吹動著陽台上的內褲
你記得你是從這裡出發的

（我們將在此更換列車
請還沒寫完作業的小朋友儘快完成作業）

一陣疾風晃倒
普悠瑪乘著月色跌進月台

不減速，不靠記憶的危岸
推開我們的藍鐵皮
悶著頭就往前跑
想要逃出回憶的光暈

頭頂的燈在車窗間
被速度連成了虛線
愛迪生的跑馬燈
在暗箱中跑過一圈又一圈
心事，映著各種睡姿
無嘴貓憂心忡忡
人們在速度裡睡著了

平穩地以為自己飛入了平流層
把風暴都踩在腳底下
與白色的雲朵世界
一起沉睡去了
你以為未來在遠方
到了遠方卻沒有未來

台東的海，粼粼的
你誤以為自己正在一條船上
枕著波浪，晃晃蕩蕩

（我們將在此交會列車，想要散步的旅客
請隨意在此下車）

記憶在此處下了車
洩了氣的藍鐵皮擱在夜裡
枕著黑山無語
車廂裡的人各舉心事
或者抬頭仰望星辰
或者蟋蟀啾啾於晚風
你搭著快車入城
搭著慢車回家
在那些山洞裡睡過很多次
每次醒來家就到了
卻不曉得遺漏了什麼在路上
（請勿在車廂通道間親嘴）

記憶的末班車在普悠瑪的車尾風中搖搖欲墜

（請小心月台間隙）

靈魂踱步，來回踏階

（親愛的旅客，現在開始驗票）

有人在硬鋪上橫躺成一塊鉛
在時間的水銀裡中毒

有人在月台間隙逗留
有人任意下車

你忽然不想趕上這班列車了
一部份的靈魂遺留在田埂間
一部份縮成車票落在硬舖上
越來越輕盈的列車再度啟動
在列車長的票夾與掌心之間
穿孔的靈魂一一抵達目的地

你搭著快車入城
搭著慢車回家
（終點站到了，你的母親會在剪票處
第一個跟你招手而你老是假裝看不見）

你以為未來在遠方
到了遠方卻沒有未來
月台被各種情緒弄得斑駁
像你臉上的睡痕
又像你恍惚的昨日

III

華語

酷兒

華語酷兒：離散

——眾人一開口，上帝就發笑

煙霧繚繞的小酒館裡
理論家正攤開一張名為離散的地圖
彩色箭頭便如星火般四射
紅色箭頭橫切大陸板塊
奔向太平洋諸島
藍色箭頭穿越南海落腳馬來群島
另有綠的、橙的、紫的
跨越大西洋棲息的美洲兩岸

帶著不同腔調、不同口音滑進
一個看不見、聽得著的華語系裡
眾人沉思比劃，吞雲吐霧

黑板上於是出現了幾種說法：
杜教授：文化中國（儒氣十足）如何？
李教授：跑跳蹦中國（生猛有力）？
王教授：Phone, phone...（接個電話）
風吹萬竅，華夷風！
史教授則在地圖上打了個大叉說：
Object！

我尋著箭頭到大西洋沿岸尋找我的族類：

Sinophone-queer
教授們在我的票根上
寫下一行潦草的字跡：
「永久有效，
單程不補票」
護身符一樣我捧著這個祝福
像太平洋的風
流蕩在一張可落地可哭泣
可高歌可流浪的一張名為
離散的地圖上

華語電影與硬派父權

——再買包儿烟來盒儿套儿吧！

Sinophone-queer
你是一個賽博龐克的主角嗎？
你在哪一個文本裡流浪？
你的身體被植入了什麼程式
為何你如此放蕩卻又保守至極？
我該如何開始尋找你？
Sinophone是你星球的語言嗎？

在大西洋此岸，我們閱讀
華語電影。用普通話交談
那一年的金融海嘯與地震
用閩南語點一碗潮汕麵。用英文
教老美中文。說中文
想念東北一家人。硬漢作派——
我們是酷兒。跨性別。無性別
那一碗麵湯裡
有沒有倒映你的性別？我親愛的
獨角獸，那一個輕聲的尾音，是不是
鄉愁像地震一樣襲來？
我憧憬著你的革命，而你

急於為我光復大陸，兩者
都是不能說的秘密，都會招致
喉頭發燙的白色懼怖
從不一樣的時空
我們終於了悟歷史

散戲了以後，我們產生了
有同樣記憶的錯覺
談論著同一個文本
傳說自不同的家鄉記憶
吆喝著，就去吃了大排檔
涮烤羊肉，辣肉玉米捲餅
紅星二鍋頭，台灣生啤酒，再唱一段思想起

這世界給我們貼上了太多標籤
雖然我們的確愛面子，囍宴熱鬧
飲食男女裡見真情，且虎寶成群

中國超市裡燈火通明，結帳的時候
你說「再买包儿烟来盒儿套儿」
送我回到家鄉的睡榻上
像一個異性戀政權一樣
擺佈著我，也撕裂著我
不要恨我——
但我們並非模範少數，也不是病毒帶原體

東方主義的眼睛裡，沒有什麼煉金術

渴望自由，渴望解放，渴望身體
也渴望受精，渴望盡孝
渴望做一個沒有根的人
以及渴望家，養一貓一狗

我們在這個星球裡流浪
用梔子花香的口音談戀愛
學習約會，愛上同性別的人
遞出綠卡，或者回各自的家鄉成親

華語酷兒：囍

我用中文思考人情，理路，與匯率
用英文呼吸，冥想，賺美金

我用中文看劇，點菜，吃熊貓外賣
用英文約會，下館子，建立社交圈

我用英文教美國人中文
再用英文讀華語文學

我的學生口角生澀，四聲不辨
他的唇際線笨拙且性感

我用中文糾結於辭令，象徵與暗示
他用英文直抒胸臆，韻律與詠嘆

我用中文離鄉背井
再用英文返鄉探親

我用繁體字寫詩
用简体字煲剧

我開兩個日曆，過兩種節日

卻失去兩地假期：
耶誕節辛勤加班
除夕夜趕期末報告
非常感恩的時候
就上亞馬遜買下一季的家電用品

我用中文送出一個長長
溼溼的吻，他以英文
回敬我半個夏天的陽光，加tequila
我們一起吃了整個秋天的墨西哥菜
付20%的小費，讓我們做荷蘭人
喝膠囊咖啡，加1 tsp的糖

去好市多加油，再開15mi回家
看Netflix然後上床
喝1 pt的啤酒加爆米花

冬天，他買了一張國王床墊
我則附帶成了他的皇后
接下來的日子裡
我用oz量測麵粉，為他做無麩質蛋糕
用lb秤量生牛肉，一鍋紅酒燉牛肉
炒菜只加1 tbs的油
以in和ft量測畫框
和關係之遠近
刪除約會軟件

忘掉自己的身高體重與年齡
想不起來的成語或標點符號
春聯，餃子與爆竹

我安之若命
我們囍結連理

華語酷兒 Sinophone-Queer

Sinophone-Queer，你說中文嗎？
或者華語、國語、普通話？
我來自台灣，如果你知道的話
那裡有個朝氣的城市叫做台北
裡面有一個漂亮的我
決心去尋找我的世界族類

我從這裡出發，像當年我的台商叔伯
我的美國阿姨，勇敢追尋幸福與奇蹟

褪掉的殼在我身後，依然潮濕，依然溫暖
我在玉米田裡學習寫作，說話，閱讀世界名著
Sinophone-queer，你們在哪一個意象裡？
在我的繁體詩裡嗎？

一個棕髮帥T走過來問我的稱謂
我盲目翻找我的中文詞典
我是人也，女也，X也，還是ta？帥T狐疑的走掉
我是想這麼聊天的：

ta用中文寫詩，散步，離散與做夢
ta用英文健身，看美劇，親嘴，吃炸雞
ta看中港台電影，讀華語語系文學，寫信，上中超

ta用英文教中文，讀取信息，申請试用包
看CCTV學官話，因为这里的普通话不够普及
而咀嚼的國語裡也沒有（中華民）國
關於存在的問題，ta有時上约会软件找答案
攬到高眺的女子胸前，而ta更顯矮小
身體裡的猛男忿忿不平，呼一口痲
證明自己又酷又巨

Sinophone-queer，你在哪一張地圖裡離散？
你說的是哪一種Chinese而你又是誰？

我也終於習慣了使用烘衣機
在強力渦輪中裡我看到了一則歷史隱喻

旋出去的水分子無法再聚成河
但雨水可以下在玉山、拉薩、伊犁草原和婆羅洲
而我可以是他也可以是她，或者流淌其間
我與我的族類有寬闊的草原和海島可以棲息

Sinophone-queer 站在世界的前緣
精神矍鑠的在各國度裡逡巡
當月亮越發皎潔
而群星是我的發語詞
遠方通過的末班車，在耳內形成的小小風暴
轟隆著愛，理想，與自由

東亞系課堂 I

一

我們需要跨越幾萬哩的陸地和海洋
才能來到同一片大海的
不同海岸
學會問一個正確的問題
沒有標準的答案

我們需要洋流帶我們離開

神明庇佑的岸邊
遠離父母與宗祠，離開
往更深處尋去
到另一個神的國度去
而知有廣袤的海洋
孕育了不同標幟的帝國，並有許多
後殖民，快樂並痙攣著
我們也學會了指認不同名字的島嶼
島上的牛羊和風，一些基地和大砲
他們的射程是我們祖先的前世今生

如果明日此刻星空依然耀眼
而我們的手臂是時針

那就遠颺心之所向
才能明白唯有海洋
能接收難民沉舟的決絕
而大陸不能

二

我們從海上學會了慈悲
與憐憫，然後來到這裡
用不同的腔調囁嚅
學會在課堂上侃侃而談，也學會聆聽
銀杏子落地的聲響
去掉藻飾的修辭和拐彎抹角的心志

學會對自己誠實

我們解讀文本，曉明那依然炙熱的傷痕
林昭與普羅米修斯同，而洛夫之於石室
燒燙的火種與炎熱的石坑
燒掉了我們一層肌膚，餓的匱乏
和饜飽過後的羞辱，持續
膨脹成一個無以名狀的民族
持續在我們肚裡翻攪，課堂緘默
比滔滔不絕的雄性敘述更顯蹊蹺
愛國修辭，以及拙劣的現代主義
除美學上的失敗以外，尚見被傾軋的人性
以至於作者掌握不好語言，吞吐胡謅

以躲過審查，甚至自我審查

我們的學科生產不了真正的米糧
無能改變現狀，也毫無重寫歷史的野心
嘆息，是我們做人唯一的糟粕
回憶斷了肢，縈繞在東亞系的課堂上
莊重的講台，精巧的課桌椅，瞌睡的助教
自我拷問，也回家拷問福澤廣被的父母

我們在克里奧的港口進進出出
做一個移民，在自主的離散裡流浪
或者遺民，在被迫的離散裡流亡
精神上的飢餓是實相

邊界與疆域都是虛像
熟悉了洋流的週期
港口的市集，和民族的文學
我們也許就明白了一個城市的興衰
聽懂了城裡傳唱的歌謠俚曲
並牆腳下的乞丐心跡

那是不標準但誠懇的答案之一
回答了我們僅僅只是
問對了的那個問題

東亞系課堂II

一

我們在克里奧的港口進進出出
在自主的離散裡流浪
在被迫的離散裡流亡
栽種有時，生也有時
不為帝國輸誠，也不為父母盡孝
思想帶領解放，理論將我們引向死胡同
我們跨越幾萬哩的陸地與海洋

只為了證明離散終有時
不如歸去，抑或不歸？

靜謐的課堂午後
青年們興奮又詫異輪流拋擲出
一個又一個，帶點稚氣
成人卻也無法回答的問題

那是雀躍於真實
並焦慮於批判的自我的戰場
課本裡沒有教的飢餓與革命
蔓生為英語學術界的長青草木
在一股不可抑止的理性中，他者語言

撥亂了我們活出的歷史
且再也不可能反正

光篩過銀杏樹影落地斑駁
言辭裡也閃爍著問題的微光
諭示著家國不許的悲憤和異見
我們談論著三代以前的飢餓
紅晃晃的革命，以及白洌洌的肅反
都以大躍進的姿態，妄能
超克現代性那必經的陣痛
可我們誰又能不做少年的美夢，徑直
奔赴那圓熟而悲壯的大人國呢？

我依然感覺到飢餓與渴
冷氣機製造寒冷的四肢
保溫瓶裡的水因我的顫抖而晃動
因為一道兵符
而浪濤洶湧

二

在克里奧的港口
人類執著的版圖是一根根的桅桿
颯颯宣示著國界，海哩，季風，土產與大砲
沿途，抛下一些過於濃重的口音
削薄過於厚的舌頭，去親近一聲

清脆的彈舌，或者
讓舌根靠後，聚攏鼻上的小丘
鼻腔發出殖民者的濃重鼻音
甲板上依序走下來一些聽話柔順
善於栽植與收成的苦力
把家鄉話和帝國的語音
嚼成了檳榔的清香
龜甲上的乾坤
將口音遍植大地
掐指一算
橄欖與芭蕉

走下甲板以後

世界就是你的了
將執著的桅桿，祝福與神像
插回鏢旗颯颯的船上
飄向家鄉的方向
宣示永不歸去

至於那些大陸上的人們
在城牆緊緊滲入血的邊界上
翻過一個又一個的磚頭
偷渡血肉模糊的幸福想像
蒺藜般的鐵網上勾殘了
一輪明月
而越界者，翻牆者，偷渡客

則看見了明日
牆另一頭的藍天

船隻搖晃
以海洋的洶湧去解讀
岸邊浸血的胸膛
大地開花
把邊界的裂隙
給縫在了花徑上

先知

"Asgard is not a place, it's a people." —— *Thor: Ragnarok*

我張口說話，說的很大聲
但你們都聽不到
我越說得越多，越說越大聲
你們更要用手摀住耳朵
故意聽不見似的

我不是啞巴，也不是因為怯懦
我越說越激動，雙唇紅腫
腦袋發熱，嘴角冒泡
語言流瀉如珠，竟至於
失去修辭、失去語法
失去連接詞、最終連主詞也丟失了

原本我代表一個群
最後我連自己也代表不了

你們說我們都瘋了，連話都說不好
有人被推下陸橋
有人被扒光了衣服沉入河底

有人眼睛被射穿
腿骨被打斷
腦袋被敲破

我們的血淌在地上控訴
河面上飄來了一封證詞
將自己翻開，腐臭地讀出一樁
又一樁罪行。屍爆
緩慢而無聲的抗議
以侵犯，以善水而猶溺斃
以渴食而猶饑饉
被架走，做不抵抗運動

如眾星拱月的奧林帕斯神
或者凱旋拋擲的足球後衛
頭頂一片無垠的藍天
身後卻是烏鷹警棍紛飛落下

希望（名詞）
原來只是觀看角度的問題

所以我們懇切的說
話語裡都摻雜著一些
消失或無可預期的死亡
說得太多而沒有人聽的話成為了預言
所以發話的人當中

有些成為了瞎子，有些遭受審判
預言過了太久就成為了寓言
一個國家需要很多的寓言
且不短於謊言

二〇二〇犧牲掉的一顆眼球、訣別於二〇一四的一條腿
二〇一六的一顆魚蛋、二〇四六的一場愛戀
攬爛的舌又算得上什麼呢？

有必要的話，我的整個身體都可以給你
只要你聆聽
只要你坐下來
把耳朵借給我

到時候，我就不用嘴說話了
我的靈魂會帶你遊歷
他怎麼生、怎樣死、樓有多高
詔示你，他匱乏卻激情的思想

是的，我用身體展示死亡
充滿意志與選擇的死亡
我說給你聽，因為我生的時候
不逢你聽的時節
我的屍首會說話
用你聽得懂的話音
告訴你一座城
與一些人的故事

菩薩

菩薩安靜的像顆鐘
在分秒裡呢喃
顛躓於半徑之上
生命中的多數時刻
祂俯身承接人們投來焦熾的目光
那些合十虔誠的祈禱
無非是為著遠方的戰爭
或近身欺來的各種煩惱
菩薩，望聞問切——

按著人們沉沉的脈搏
股股的垂問

菩薩不和時間賽跑
祂自己就是時間
人生無非一襲可長可短的唐卡
在佛殿裡熏著曬著
誘發出一股無花果的香氣
但祂是人的時候
也跟大多數人一樣
一針一步織就著生命
在祂的踱步中
獲得方子的人離去

煎熬生命的藥
剩下的繼續祈禱
或者乞討

戰爭，貧苦，殺戮的船
弄潮兒似撲浪而來
站滿一群人的小船望著陸的邊界
像一頭永遠也上不了岸的鯨
魅動的尾鰭
靈薄獄裡徘徊
——它是穿越時間獨活的一個謊言
浪濤鞭笞
語言搶先哭聲

讓搖籃曲與兒歌
化成碎浪來到腳邊
一件小衣裳

當城市在廢墟上咆哮
而砲聲隆隆在遠方
時間答答答答的掃過
淒緊的目光全都緊閉
倖存者的詩篇迴響風中
唯有菩薩沒有背棄他們
因為時間是一切廢墟的催生

菩薩一平一仄摘錄苦難

精準災異之降臨
如一帖瘦年臨摹的春聯
講述一則超出時間的故事
而祂的比喻並不花哨
魔幻寫實比現實還要真實
如那頭上不了岸的鯨
浮出水面換氣
為那艘浮不起來的船
爭取一刻鐘的時間
與岸上的親人道別

當鐘聲響起時
吞吐著碎片的人們問苦難何時結束

菩薩的時間以世為紀
顛躓於世紀的半徑之上
生命的質地舊而彌新
如一襲可長可短的唐卡
藏著一首首迴文詩

菩薩盤腿踞成一座晚鐘
獨坐塔上，並不自囚於一室
乘著寂靜的波長，穿越水面
穿越整座城市的天空
把世紀的繁華盡收眼底
燈熄了，攤子歇了
城市像一尾收翅的蟬

在鐘聲裡棲息了

無岸之海
上了岸的人們有一片
需一生回望的海灘
擱一塊歉疚的石頭
願此世安康

——悼念　難民

IV

生活已磨去
我們一層皮膚

我在路上為你化為骨頭……

——詩題引自瓦烈赫（Cesar Vallejo）詩句

今年雨下得沒有往常多。每一場雨的味道，都刺破了空氣，遽然打斷我專心的思考。

雨季。

被太陽曬成明信片的風景，被雨下成多維層次的空間。

雨聲。

淅瀝雨聲把街巷犬吠與蟬聲都澆熄了，專心一致的下著，把我的詩句也弄濕了。

雨景。

它使我恍然意識到自己的立體性，呼吸著的那個，不是神遊的那個。我所在的空間，呼吸起伏的小腹，告別雄蕊的野百合，都鮮明了起來。

只有一場突如其來的大雨能做到這些。太陽明曜使得一切都太理所當然，在我們這個多陽光的島嶼之東。然而，雨並非無常，他是始自烏雲的聚攏：雲腳爬過中央山脈，斂聚足夠的水氣，鼓漲肚子來到奇萊平原，轟然宣洩，下成眼前這場異乎尋常的雷雨。

雨的時間感。

雨在時間感裡俱足。老天爺稍早，已掀開雨的簾幕，淋濕山以西之人。我們在雨的時差裡，紛紛開且落。

走到咖啡館的路上，雨敲擊著黃岡的二十三根肋骨。有一根遺落在了路上，在嘩嘩的雨裡歌唱。

生活已磨去我們一層皮膚

烏雲從遠方聚攏而來
我們挺直不動　在原野
學稻草人長臂擁抱
勇敢是從蓬草心裡長出來的
我們因此無所畏懼穿越閃電佈滿的天空

一度死亡來到其跟前
為你洗腳　為你容妝
把生命的裘皮大衣反過來穿

發現其實我們都是粉色帶血的嬰兒
有太多無法寫也無法沉默以對的東西！
遠方發生的某件事正讓我們癱軟無力
雖然心臟依然在漂亮的旅行袋裡怦怦跳著

現實已耗損我們如此之多
生活磨去了我們一層皮膚
返祖回到透明粉色的狀態
回到蓬草心裡

還好夏天終於來了：
郵筒靜靜發亮
而寄出的東西無法收回

上墳

——給外公

一

自記事起
姥爺年年帶著我們去上墳
還有媽媽和小弟弟
4000cc的富豪大汽車
開上仄逼小路　南國的陽光
苞在蘆葦花穗間
沿路照拂我們的汽車

把我們推到人間天堂的門口
十字架迤邐而去的草坡
好多好多的靈魂湧動向前
我們在回望的眼神裡尋著了姥姥
墳頭炙熱的等待
摸摸燙金的名字
沒事沒事　我們來了

姥爺是人間最好的富豪
他褓抱所有的女兒
和所有女兒的兒女
他是空軍的醫生
他是不開飛機的空軍

他散盡黃金買機票　渡海來台
讓他們買房子住　有書可讀
可他只想住進姥姥的墳裡

小時候墳墓看起來那麼高大
為姥姥洗把臉
整個身子都要趴在墳上
清水沖涼好熱好熱的磚塊
洗淨杯口　插上鮮花
拔盡墳頭草　拍張全家福
眼圈輪流紅一圈
再唸一遍小姐姐小妹妹的悼文
每年都是新拆開的家書

都要這麼念一念　掂一掂
我沒有家書　我是姥姥墳前的年輪
我幾歲　姥姥就死了幾年
富豪大汽車也就買了幾年
等姥姥好起來坐汽車　做富豪姥姥

二

長大以後
姥爺依然年年帶我們上墳
姥姥沒坐過的富豪汽車
年年坐著我們上墳的屁股
鮮花　汽水　洋娃娃
開上拓寬的兩線道山路

苞著南國陽光的蘆葦花穗
現在拂過機車騎士的頭顱
把我們照拂進了人間天堂
我長了個頭　姥姥說
真好呀　真好
媽媽、小姐姐和小妹妹
墨鏡真黑　誰是老五誰老四啊？
小弟弟也是一個小兄弟了
他砍柴生火補破磚
我調和油漆臨摹碑帖
姥爺總背著手
眼神嚴峻又有很多話要說
可當姥姥想多說些什麼的時候

他就會就踅開來
走去爹爹媽媽的墳頭前
為父母洗腳　洗淨杯口　插上鮮花
拔盡墳頭草　給他們沖沖涼
他的思念過曝在南國的烈日下
讓她好找

三

姥爺忘事後
我們年年帶著姥爺上墳
他想不起姥姥的墳在哪
手卻還握著墳頭草
想一頭栽進去

長成一顆橄欖樹
可是我還沒有長得足夠大
為他倆老遮風避雨

姥爺喜親文字
他捧讀我寫給他的詩
還把王爺爺的信塞進去當作書籤
還有用過的牙籤
多麼好呀　喜歡的文字
咬文嚼字都湊做了一堆
他還在書封練習寫自己的名字
姥爺也怕忘記了自己嗎？
4000cc的富豪大汽車

有多重　姥爺對姥姥的虧欠
就有多深　讓媽媽結婚
生下一隻小雲雀
我銜著囍字沖喜
我寫詩　我狀元
我讓姥爺開心

四

終於我也寫得一手好字了
小兄弟和我載著滿車的松香水
給沿路的蘆葦花叢撚香
清明時節　南國陽光酷烈
產業道路上車陣隆隆

天堂的入口　鮮花
十字架與野草　淚眼婆娑
我打開油漆罐
倒入松香水攪和攪和
在漆黑的大理石上磨著金色的墨
以刺鼻的清香與化學
拼寫永恆的碑文
我一遍又一遍描摹
只怕力不能透磚　漆不能沁骨
松香水咬緊姥姥的名字
滲入那已淡去的
時間的斧鑿
我該知道

這墳是永遠修不完的
姥爺忘了上墳的路
這一年
他把自己也給躺進了進去
兩眼一抹黑
走進姥姥墳裡
我們把金色的油漆灑向墳頭
讓松香水沁入石縫
讓亮燦燦的漆凝脂沿著黑色大理石流下
再把多餘的顏料抹掉
一遍一遍描摹你們的名字
金燙燙的　火燒火燎的
刻在上帝的眉毛上

我該如何描述妳的死

——給T. C. C. 老師

這個問題上帝也曾想過
祂讓妳回想二十座城市
好幫我寫下二十份推薦函

「密西根下雪很冷，
不要去。」

臨走前，妳想到那裡的冷冽

去到結冰的五大湖
發表女性詩歌裡的海洋意象
靈魂困在意識的冰窖裡
一寸一寸
冷冽從腳一路爬上來
北風狂吹

密西根的雪還下嗎？
血液逐漸枯竭了
因為失溫而感到寒冷
想不起來自己
怎會來到遙遠的冰原
北風颯颯的吹

有如靈感造訪妳心底的荒原

冷爬到了胸口
妳的胸針上結了一層霜
身體越冷，就越有
溫熱的流質從腦中汩汩湧出
那是唯一使妳感到溫暖之物
妳覺得腦門鼓脹
像妳第一次幫王教授代課那樣
上帝伏身於大理石階梯
上帝藏於五斗櫃之後
上帝模擬這一次的摔跤一百次了
以確定計劃能夠成功

祂讓九重葛作為引子
盆栽　電話鈴響
催繳卡費
引妳急急奔下樓
上帝便在此時吻了妳一下
大功告成
祂沒有辦法確定
靈魂能減少必要之苦
祂只能以冷　帶妳穿梭祂的國度
務要穿行雪村　凍原　針葉林
感到冷　是妳最後的功課

Shalom

是夜我們三人披星走過一片漠白的銀杏林，彷彿再多走幾步就會看見北斗星光中的馬槽。可惜我們三人都不是智者，太平洋正灌入我們頓挫的胸口。這樣惘然的飯局。從萬家燈火遁入夜幕的散步中不免有些淒惶。三人岔開來去牽各自的車，卻有相同的歸途。對照著死的定義，我們求索於途。忽然她手指向牆面，輕輕捎來一句：Shalom，說是希伯來文的「平安」之意。這年冬天的肅殺與酷洌，驟然有了雪的溫度。

Shalom。僅僅所求如此，平安夜中的不平安也總算塵埃落定了。只是啊，妳怎能撞碎在這至冷的冬呢，shalom。

棗紅色的詩篇迸出，浸漫於途。來不及收攏了，感覺到冷。思想的冰架卻從根部隆起，留我在妳的冰山上瑟縮。但願我長出雪兔的毛靴，能在妳銀白的世界裡輕揚，輕颺。

氣數喪盡歌

打針，吃飯，睡覺
失眠。糖衣裹著毒藥

紅的是旖旎春色
魂魄出竅，遊園一場
驚夢三巡。墨綠色的鱷魚皮鞋
踢踏腦殼邊境的夢。透明的那顆
水晶球滑落喉頭，釋放
舌與喉久違的潤滑之色

遠方有中子電子
交擊成黑幕中的一道閃電
未成眠之人，披衣坐起
離開纏綿的睡榻
紫色的那顆暫時還咽不下去
一個惱人的謊言：嗜睡、食慾不振

我從子時一路數來。走膽經
在胃液與淋巴的沸騰裏
絨毛的推搡之下，膽氣
稍長

丑時走肝經。後青春時代

一條磨損得不能再老的老路
我走得崎嶇。還好路上有一株月桂冠
供我歇腳、編織花環

還未到訴衷腸的時候。寅時，肺經初顫
喉頭間一陣騷動，把人自夢境中抖落
敏感的聲帶如針氈，要刮花一張黑膠唱盤
肺葉的哮喘是一張破了洞的手風琴

（睡眠如裂帛在陡咳中應聲斷裂）

感覺到疲憊與餓。走過千山萬水
終於走進腸胃經。期間

壁虎數次試探我的睡意深淺
追逐，交尾。與腸壁蠕動唱雙簧

（秉燭人的破銅鑼敲得鏗鏘響
我就跌下那一桌二椅，散戲的夢）

漸漸地，我被拋出身體之外，意識如游絲
商禽廣播：頭手請勿伸出窗外
我像半截身子都露在車外喜迎清風的一隻狗
曦將夢將
白月洸洸

安眠藥

墜入一片象牙白的
意識，那兒沒有任何生物存在
空空蕩蕩
亦沒有我的存在

然而我清楚抵達了那兒
冰山的邊緣
由海塹往上推升的泡沫
載著無數疲憊的魂靈

因為那裡沒有舞台
所有舞台在冰上都搭建不起來
因此那兒沒有夢的展演
你對自己的存有感到懷疑

如同所有抵至的眾生一樣
每個人都是這麼偎著夢而睡
海豹在夢中的私鬥與獠牙訣別
但現實是否真如此殘酷，親愛的？

你該好好躺下睡一睡了
如果有不夢著人生的此刻
那便是深沉的海洋也為你撐住

一片茫茫的意識
巨大的想望在冰山下使勁拽著
我們曾經風聞過的，如今都攢成了記憶
貧瘠無夢的冰角上
你連一艘漁船都遇不見

開船的人睡著了
雪雁睡著了
白狐狸也睡著了
劍齒虎永遠地沉睡了
每個人都孤獨的睡著

孤獨的縮在冰斗櫃裡
均勻的氣息刮成風
一陣一陣拂過雪兔的毛靴

即使冰川消融了發出巨大的聲響
也驚不起你們，因為沒有夢的人
不會醒。他的骨骼已長成倒轉的海底冰架
撐起一副堂奧的心靈

眼鏡

昨晚我們吵架，
我扔了所有我能搆到的一切：

牆上濺了番茄醬，
咖啡桌日夜顛倒
妳家的鑰匙丟進了廁所，
沖水沖掉了，還有沾在沙發上
陽光燦爛的蛋黃先生

生活不過是一盤混合著
各色情感的調色盤

我扔了所有我能搆到的一切，除了我的眼鏡
但它們今天卻都有了刮痕
細線條在鏡片的高原上亂塗著
正好在我的左眼，標誌著
我視線的正中央

妳的胸脯於是塗滿了
我憤怒的痕跡，即使
此刻我正溫柔地撫摸她們

妳哄我給我的情緒命名
所以我給它們每一個都貼了個貼紙：

紅色是憤怒　綠色是平靜
棕色是沮喪　黑色是憂鬱
妳叮噹響的藍色鑰匙圈是嫉妒
黃色蛋黃是我的慾望流動

但這些刮痕毫無意義
無色無味　無慾無求

妳先是喜歡上我的眼鏡，然後才喜歡我的
妳的腰及妳的腿以及妳的左屁墩

如今都佈滿了一條條的傷痕
如今我眼中看出去的我們
就是一片困惑的塗鴉

意象

我用了那麼多密密麻麻的字將你關在心裡
你卻用手肘撬開第一行和第二行詩
流著汗從錯字中越獄而出
從鋪排的山勢、氾濫的蕨類中
戴著意象的腳鐐走回世界

你擺脫那些沉重的仄聲音　異體字
舌頭痲痺的遲重感
臨走還前踢亂了韻腳

我的瀏海隱隱作痛

我是那麼用力的寫啊
詩句裡有苦艾酒的香氣
在煙霧繚繞的小酒館
密謀者攤開游擊的地圖

我還是能從眾多脫逃者中將你指認
但我不打算將你逮捕
你口中的串串禱詞
不就是我血液裡的俳句嗎？
沿著河床一路把你弄亂的意象排好

重新堆疊石牆的韻腳
回填愛的苗圃
供她以雨水和眼淚

詩成
我也已經不愛了

襪子

我們把襪子交換亂穿
黃配藍　綠配紫　桑青配桃紅
笑鬧在顛倒混搭的快感裡
褲管露出的一截
我們五彩繽紛的青春

疲倦了之後
我們只想好好把襪子穿回
卻怎麼也配不成對

打亂了顏料的調色盤
補釘一樣裝飾著我們的房子
像聖誕節的七彩燈球
虛張聲勢著一種幸福
錯亂的顏色相互排斥
最後我們放棄嘗試
穿走一半的襪子離開
而把另一半留給對方

無辜的證詞 I：傢俱

五斗櫃上貼了個福字
新年時貼上去的，紅燦燦地
散發著紅包的淡香
依舊教人喜悅，依舊
像個新房
春天時候
拋落了一地的花蕊
我們起身離去
五斗櫃是無辜的

五斗櫃裡縮小的衣服是無辜的
烘衣機是無辜的
有機棉內褲是無辜的
床頭櫃上未翻完的書是無辜的
乾燥花是無辜的
音箱與吉他是無辜的

漏水的流理台是無辜的
發霉的磁磚間隙是無辜的
拖鞋　腳印　地毯是無辜的
詩詞是無辜的
高腳椅　砸碎的酒杯是無辜的
陽台上的九重葛　金線菊是無辜的

日記是無辜的
星座　茶盞是無辜的
違規的約是無辜的
你是無辜的

狗在兩地孤獨著
而我們只能擁有這麼多

從明天開始
我是唯一刑求之人

無辜的證詞II：聊齋

陽光以東邊四十五度角涉入
沮喪且華美的天
艾蜜莉如是說
窗外
五葉松見我抬頭
知道那是一尊思念的雕像
應該有詩歌朗朗
屋角旁的鵝卵石
以他們的水聲潺潺呼應

游移不定的青春嗓音
單字是
拾級而上的檜木

棄階而下的是
樓梯井裡滾落的你
裹在睡衣中
而扶手是無辜的
白色大理石梯是無辜的
晚明風格的太師椅是無辜的
剛報修完，櫻花牌抽油煙機是無辜的
只剩空盒，戴森吸塵器是無辜的
嶄新的破裂水管是無辜的

石灰阻塞的蓮蓬頭是無辜的
閣樓，以及隆隆作響的熱水器
是無辜的

吊燈與扇是無辜的
鹵素燈照著沒有畫作的牆面
是無辜的
蹲在角落的窗是無辜的
滿牆滿眼的馬克杯
竊竊私語是無辜的
冰箱裡的食物是無辜的
誰過了有效期限還不滾出去
那過了有效期限還嫌那發霉的

而冰箱，作為一座孤島
被菌絲攻佔，也是無辜的

催命符的電話鈴響是無辜的
電話那頭的催繳員是無辜的
話筒這端支吾以對的我也是無辜的

餐桌一角的死亡證明
不證自明

V

愛

我愛你，有幾種排列組合的方式？

我愛你，
你愛我，
愛你，我
愛我，你
你愛，我
我愛，你
我，你愛
你，我愛
愛，你我

……

在愛裡，我們互質

小丑魚悅悅

我在一個水族館的魚缸裡
發現了一身鮮黃
圍著一條靛青色裙子的妳
明媚晃動的靛青色眼影
直勾勾的盯著水箱外
一張張臉照得發綠的臉
其中也包括我的——

「她喜歡用胸鰭滑水

餵些魚蝦飼料，酸鹼值PH.8.1
溫控25度，這條好養啦。」

揮動著漁網，老闆說
妳對我沒有什麼特別的感覺
啄一啄，退進海葵柔柔的觸手裡
我把妳舀進小魚網
打包入湯麵的塑膠袋子裡
繫上紅色束帶
拎妳回家
站在捷運裡
像拎著一包剛煮好的泡麵

我的魚缸沒有大妳多少
但暖色系的燈管讓水草充分進行光合作用
像自來水模仿海洋
吸飽氧氣與無機物
讓妳啵啵的大嘴一張一闔都是
陽光、空氣與水
我們一起閱讀
念我寫的詩給妳聽
我們一起睡覺
雖然妳永不閉眼
妳的黃藍條紋逐漸寬鬆
有時過得太幸福的緣故

或者，想念大海的緣故
妳偶爾會流淚（如果妳還記得大海的話）
偶爾不吃我撒下的食物
飼料球球都吸水飽脹
一粒粒污染了妳的水。然而，
妳偶爾也會爆吃飼料
一瞬間把飼料球球全掃進肚子裡
藍色的肚子鼓脹得好大
好大

妳也是一條想念太平洋的魚嗎？
我帶妳去看出生的珊瑚礁，好嗎？
妳的神仙族類在島礁中嬉戲

鹽分剛好的潮水
有一顆砰砰跳的心在海中央
海風引起的洋流
充滿鹹水的啵啵的嘴
打著拍子附和搖動的水草

妳回到妳的魚缸
我回到我的公寓
我們約定好在回不去大海的此生
一同下廚
一同慢慢吃飯
讓妳在我心上的潮間帶

靜靜棲息
悅悅嬉戲

水手

我不是水手
只是縴夫
牽你到彼岸
從藍的小河到青青的草堆

草堆上
看你舒雲枕臥
我不懂你的詩
一如你不懂我的險灘

Walmart

我們牽手在沃爾瑪
散步，在酒櫃前因為太明亮而
接吻，穿著金色網襪的葡萄酒
激動地跳上跳下

彩燈，蛋糕，促銷品與
節慶，摩肩擦踵的手推車
我們的心情在一聲聲「不好意思」中
擦出了毛球，你的手心在冒汗

把購物清單
扔進了垃圾桶也把我
遺忘在清潔用品處
你一個人在冷凍肉品區徘徊
像走失了的小狗忘記了
自己的籠圈

你的焦慮如擎天的貨架層層高升：
醃好的甜菜根在地上走路
摔碎的玻璃罐撤出一條紫色血路
鷹嘴豆沙拉一旁吆喝
夏威夷豆奶還在曬太陽
豬腳和雞翅摔跤，雞蛋碎在手裡

桂格爺爺衝你狂笑
綠箭口香糖則想用清涼掩飾這一切

一大箱衛生紙在你面前緩緩落地
箱子後面伸出兩隻手臂
緊緊將你箍入懷中
在左推右擠的人潮中
我們緊緊擁抱——
從貨架壓倒性的勝利中
將你奪回，牽著你的手
帶你從價目表，營養成分
以及晚餐菜單的迷宮中走出來

「不好意思」我們從焦慮的
推搡之中走出來
捎上一隻烤雞和一瓶
穿著網襪的葡萄酒

在那個有鴿子的溫暖季節
我們在一切可步行的範圍裡
牽手散步。而冬天是凌厲的
我們牽手散步
走進沃爾瑪

民德四街

——在花蓮郭子究故居

空氣中有一首詩飄蕩
在民德四街　輕靈透明
以舒緩的分子間距
在向晚六點太陽與月亮同時
存在於同一個天空的時刻
均勻密佈著

空氣擺脫了水氣

遠去的風暴在多岬角的南太平洋島嶼
削弱成最後一個氣旋
吹送到我所在的小島
輕輕撫弄著我的髮旋
向左旋的髮旋
瀏海飄揚　飄揚
眷戀著海洋的南風
想起了海藻的樣子
我的手臂泛起微汗
也想起了妳

老松的針葉樹冠以悠長　悠長的
年歲漫過雙黃線上空

與對戶的老松合抱
經過樹幔底下　我聽見他們
以平假名竊竊私語

郭子究還在榻榻米上彈奏著三弦嗎？
年輕的花中詩人是否仍舊躺在操場上
又被藍色的浪濺濕了褲腳呢

民德四街　我反覆逡巡　逡巡沒有理由
我想融入成為那密度均勻的分子之一
我想用闊葉雨林大片的鬱綠畫一幅畫
我想被楠木　樟樹　鳳凰木　以及瓊崖海棠擁抱
我想站在麵包樹下聽

夏天搗爛如泥的聲音
我想站在大葉欖仁樹底下乘涼
吃麵包果吃到滿臉都是醬橘色
我想在這裡反覆轉悠直到
最終我也成為了一棵樹

在向晚的六點十分
天空同時擁有太陽和月亮
有一首詩在民德四街輕靈空蕩
在我的腳踏板上　轉悠轉悠
此刻，我誠實如風暴
澄澈如海洋

曠野

曠野中的風不知從何處來
它從雲彩中升起
順著草坡滑下
來到四野闃寂處呼號一聲
天地震動
山羊在峭壁上奔走
獵人頭燈亮起
噴一口米酒等待華燈初上
曠野中的風教他要耐心等候

曠野中的風順著河水流
出了山谷，轉入阿公的水田
它覺著自己是條未擰乾的帕子
抖了抖鬃毛　灑下來的水氣
讓爆裂的穀子又縮回到殼裡去
田中央，農人逆著風
低頭收割著希望

曠野中的風急急刮過竹林
竹林一呀一軋互相輕偎
狂風呼嘯捲過樹頭
偃過平野，在空曠之地
扶搖直上

形成氣旋再向下俯衝
炸出一塊空地

空地中間站著一個我
我的鬈髮因氣旋而狂捲
拍打我冰涼的額頭
灌入衣領中
沒有抵禦的身體

我赤身走進試探
曠野中的風正在呼喚我的名字
怒號為我披上腰帶
使我佇立風中而不墜落

地籟在孔皦中四激
而我竟也發出了嗚嗚之聲

晚春

我願化作一陣騷動，渾身顫抖有如樹葉吻著清風
晚春在等待夏天，以粉蝶，
以蛙鳴，以微濕的頷，以腋下之風
白日，蠢蠢欲動的熱在平野蒸散
把我渲染成拾荒者，綠草抽成印象派
微涼，是這個季節殘餘的溫柔
一顆石子掉落水中，在我夢中

一陣風滑過我心底，靈感來敲門

像白天上門兜售失敗的保險員，碰到我就一鼻子灰，卻在深夜一腳踹開我潛意識的閥門。

迫使我拼命訴說，戰慄驚怖於回憶，歷史與想像之中。他使我分不清現實與幻境，白天或黑夜。

靈魂的嗎啡。

靈感是地獄來的信差，剝奪我的姓氏，尊嚴，和睡眠。我唯一擁有的精神放逐於流亡的荒原。

在那裏有自由的風，淒厲吹嚎卻是渾身颯爽。

猿人

如果你的胸口沒有一座高山
愛的雲雀如何在你胸懷馳騁？
如果你的脊背側彎，骨刺綿延
如何負載一座闊葉森林
在我們多雨又多情的島嶼？

如果你口所說的話並你行走的風
捲起乾厲的旱，偃過禾麥低頭默禱
沒有人會在你走後復活

如果你的視網膜被海風浸潤因而流下了淚
那淚裡將不會有鹽
海在你的哭泣裡逐漸抽乾
我的船將駛出風暴中心

巨大的悲屈在你喉頭滾動
以至你說出來的話
像山洪裡的土石崩落
朦朧巨響卻聽不清子母音的分別
雖然你有蒺藜的熱情
但卻總是帶著刺
針砭所有觸摸你心的
猿人

謝謝你帶刺的心
見血後的指頭，那刺目的紅
讓猿人動了情，一瞬進化百年

向東海岸陷落

在窗檯上種一排書
任陽光犁出一行行詩句
遠的與嶂青煙嵐相對
低頭飛入牛欄篝火中
與空氣摩擦
爽利中
劈啪
嗚唱

輪椅上的老叟一刻鐘前被推出來散步
一刻鐘以後，以為自己不會再經過這裡
不斷撿拾起窗檯間掉落的詩句
放進嘴裡咀嚼
詩句與他的鋼牙磕碰
如老牛的鐵嚼不斷摩擦著牙齦
消磨歲月——他一激動
便快速轉動輪子
向前突擊——任憑風捎來
吱嘎吱嘎的鐵鏽聲
青春的鐵馬
急剎在大正年間
稻穀正黃

我繼續以韶光灌溉這田地
韻母遊走於險仄平壞
濕了半截的腳踝踉蹌
在大地裡落下一個重音
老牛朗朗咀嚼
富含葉綠素與
纖維的芒梗——暖陽
在胃裡緩緩升起

忽如一日地震來
小城溫習歷史裡的搖擺
麵包果坍落一地的果漿震幅
規模大約六級——震央花蓮

水果攤車——扯開嗓門
甩著木瓜前進

小城抖擻了一下尾巴
緊接著便向內陸沉落
把我最愛的港式火鍋店
也給捲入了地底
我最鍾愛那個角落
也一起被小城吞沒

窗檯崩落四開本書
精裝字典金邊習作全溶進
鵝黃色的冰火菠蘿油

一片肝腦塗地的
天空畫布

我毫無防備的向東海岸陷落
我向整個夏季的颱風投降
緊緊攀在地殼的邊緣
山的抬頭紋間有河水流逝
海的盡頭有鬼頭刀滑水
而陽光朗朗咀嚼牛舌
我那詩意般的乳牛
踏進水中無數次
地殼聚攏
無數次

詩句裡然後有牛糞曬乾的味道
有乾柴劈啪裂響的聲音
有老人污漬斑斑的鐵鏽青春
而詩歌的芳草鮮美
譬如——醬橘色的血橙
滲進毛邊紙
壞得不能再壞的天氣
鴿灰色的天空與
鉛綠色的步伐

附錄

問卷調查 I

請問你／妳／X的自我認同是（複選）：

□男性

□女性

□非二元性別或性別流動

□蕾絲邊

□甲甲

□異性戀

□雙性戀

□跨性別
□酷兒
□其他（請註明）：＿＿＿＿
□不便透露

1. 我可以放心說，作為一名女子
童顏巨乳，我應有盡有
大波浪，嬌小小
☑女性無疑

2. 我可以放心的說，想作一名男子
我是一切最不稱職者
想擁有者，我皆沒有

☑心裡安慰之跨性別男

3. 基於以上條件：

假設我喜歡女性

☑蕾絲邊

假設我不是男性，但喜歡男性

☑異性戀

假設我是生理女但自我認同為男性

☑跨性別

☑男性

假設我是生理女但自我認同為男性且喜歡男性

那我也可以是

☑甲甲

如果我喜歡女性也喜歡男性

☑ 雙性戀

如果我誰都喜歡但沒有性慾

☑ 其他（請註明）：無性戀

如果我誰都不喜歡只愛自己

☑ 其他（請註明）：自戀型人格

如果我愛死了這個世界

☑ 其他（請註明）：泛泛戀（泛性戀＋泛靈信仰）

如果以上皆是

☑ 酷兒無誤

4. 基於以上三點

以及太多種可能

我儘可能做一位

☑ 非二元性別者

但有時又依照情境而有所變化，例如：

「百褶裙下昂然竦立

無形無狀——

少年般的一股衝動」[1]

☑ 性別流動↓男

「請矇住我的雙眼——

請穿高跟鞋踩碎我的胸膛」

☑ BDSM

「少年自我體內滾出
一抹駭人的紅」
☑ 性別流動→女

「我的女人愛我的性
當她探進我的墳裡
洶湧在她的舌尖」
☑ 生理女

1 以下情境摘錄自一位性別錯亂的詩人之手。結合BDSM、儀隊與健身經驗寫成〈Discipline〉一詩。後人煩惱於詩中繁多之意象與顛來倒去之性別指涉，故將此詩封存於其全集之底，待有緣人來箋注解密。

「無形無狀的少年
掀起裙蓋走到了人間」
 ☑ 以上皆是

「我和他
靜靜坐在傍晚六點三十分
夕陽洒落的一張瑜珈墊上，舒展
我們即將結實累累的身體」
 ☑ They，非二元性別

由於族繁不及備載
請參照所有情境於〈Discipline〉一詩

問卷調查 II

下列哪一個族群／裔最能代表你／妳／x？

□非裔美國人
□太平洋群島原住民族／夏威夷原住民族
□東亞裔（如：中國人、韓國人、日本人等）
□中東／東南亞裔（如：印度、尼泊爾、馬來西亞、越南等）
□拉美裔
□高加索人
□北美原住民族／阿拉斯加原住民族／第一民族

□自我描述（請註明）：＿＿＿＿＿＿

□不便透露

1. 為了方便起見，有時我懶或我在美國

☑東北亞裔（如：中國人、韓國人、日本人等）即可

2. 有時認真一想，此問卷應積極反應客觀的人口統計

☑東北亞裔（如：中國人、韓國人、日本人等）即可

☑自我描述（請註明）：台灣人

3. 我就是反骨

☑就是不想說

4. 我爸是白人，我媽是台灣人的話
我應該也可以是
☑ 東北亞（如：中國人、日本人、韓國人）
☑ 自我描述 台灣人
☑ 高加索人；或
☑ 以上皆是

5. 情境論，用例子來解釋最客觀：
「我來自台灣，如果你知道的話
那裡有個朝氣的城市叫做台北」[1]

1 該性別錯亂之詩人又有一首天書無人可解〈華語酷兒〉。傳說X也（ta，平音）正在流亡途中尋找全世界的族類，故暫時為無特定國籍之美國浪民，故作此詩以為箋注，盼不致使其詩集湮滅於途。

☑自我描述（請註明）：台灣人；無誤

「Sinophone-Queer，你說中文嗎？
或者華語、國語、普通話？……（略）
Ta看中港台電影，讀華語語系文學，寫信，上中超」
☑自我描述Sinophone-queer說華語的酷兒；突顯世界性

「看CCTV學官話，因为这里的普通话不够普及
而咀嚼的國語裡也沒有（中華民）國」
☑自我描述流亡的中國人、中華民國（台灣）人；
冷戰用語即是：自由陣營裡的中國人

「學習約會，愛上同性別的人

遞出綠卡，或者回各自的家鄉成婚」

☑ 自我描述（請註明）：亞裔美國人；

中華人民共和國不能擁有雙重國籍，故

☑ 東北亞（如：中國人、日本人、韓國人）

台灣可以擁有雙重國籍，故

☑ 自我描述　台灣人

由於情境太過於複雜，且筆者歸附於其所倡導之此特異族群

「Sinophone-Queer」華語酷兒

茲將所有情境與原文列於〈華語酷兒〉一詩

後記

致彼此親密的敵人：X也們

謝謝你們翻開這本詩集，書寫的過程畢竟是脆弱的。書中的詩作橫跨我十六歲至今的身體經驗與情感。

二〇一四年我出版了第一本詩集《是誰把部落切成兩半？》。當年，因花蓮讀書的地利之便，我得以參與並近距離觀察原住民族群的祭典與文化復振工作。雖然從一個「局外人」（漢人）的角度書寫，我的探索與共情未嘗一日不在台灣原住民族的歷史情境內思考，如果能稍稍達至研究者所謂的「跨越族群的凝視」，那便是對我的原住民朋友們有了交代。

之後，我赴美留學，總算有契機以「局內人」的身分來探索LGBTQ群體。二〇一九年，利文祺邀請我與神神合作編選一本同志詩集，這便是後來的《同在一個屋簷下：同志詩選》。我得以廣泛閱讀華語同志書寫的詩作，也隱然對自己有更溫柔的凝視，覺得準備好可以開始那十幾歲時便立志的「同志書寫」；只是當年想寫的是「邱妙津體」的小說，而故事情節經年斑駁冷萃之後，沉澱成了一首首詩。

由自身經驗出發，第一輯「身體體操」記錄了一位非二元性別酷兒青年的徬徨、出櫃、性別焦慮（gender dysphoria）與身體厭惡，擺盪於女同志與跨性別的認同掙扎，最終拒絕了男／女二元的性別枷鎖，承認身體／心靈裡的男人與女人。其中，身體的物質性佔據了很大篇幅：從青年時期的女校回憶、儀隊經驗到成年後健身房裡的訓練，完成了從「她」（she）到「他」（he）到「他們」（they）的認同體驗。

第二輯「百合經」記錄了酷兒向這個社會出櫃所遭遇的種種：書寫性別、宗教、家庭與職業的同時，也是一場成年儀式。其中，宗教的創傷書寫我特別有感觸，因為家裡是虔誠的基督教家庭，因此對宗教的思考也等於是對原生家庭的回溯。在書寫中，我刻意「誤讀」聖經，用身體來「抵抗」權威，以詩句改寫金句，訴說一種戲謔似的傷感，有時嘲諷批判，有時又是「愛主」的矛盾。

第三輯「華語酷兒」書寫旅美期間的經歷。華人酷兒群體在異鄉的經驗已在許多電影中被出眾地描述，例如《春光乍洩》、《藍宇》、《面子》、《囍宴》等等。出國了以後，我的「移動」（留學與離散）與社會經驗便有了自己的故事，因此，這一輯主要是書寫我和我所遇到的酷兒們的情感結構與足跡。

開啟「華語酷兒」的書寫是源自於一個契機。在美國，有一個令我印象深刻的經驗，是跟伴侶參加一個酷兒聚會時，被問到有關稱謂（pronouns）的問題。伴侶向我解釋，在美國出於對多元性別群體的尊重，有些人在第一次見面時會詢問你喜歡被如何稱呼（he/ she/ they），而英語是一個性別稱謂特別突出的語境，中文卻不是，「你」或「他」的讀音聽不出性別指涉。而當時的我竟然傻住了，因為從沒想過這個問題。這個經驗日後成為了〈華語酷兒〉一詩，寫下了語言和性別的雙重衝擊。第一層是由不同的華語／中文帶出的國族想像；第二層是由英文稱謂所引發的性別焦慮。究竟，我是她（she），他（he），還是X也（they）？

每每被問及稱謂時，酷兒們要面對的既是一個語言問題，也是一個存在問題。我們可不可以，不只屬於一個國民、一種性別？後來，受北美華語酷兒（queer-Sinophone）的理論啟發，我開始以詩歌的形式記錄華人酷兒群體在美國的經歷，加上一些友人的故事，以酷兒的角度探討了移民、婚姻、文化差異、社會運動等議題，並嘗試以詩歌干預「華語酷兒」的理論書寫。

第四輯「生活已磨去我們一層皮膚」繼性別探索、努力生活之後，書寫一種「徬徨的自適」。疲憊是需要勇氣的，尤其在留學過程中經歷了許多挑戰與不適切，但當我能靜下心來，與自己的強迫症相處，即便是疲憊的，也是自洽的。輯中還有一些關於死亡的悼念、以瑣碎物件影射情感疲勞，看似陰鬱，卻是得以稍微喘息，適當哀悼的契機。

作為結尾，第五輯「愛」是情詩與內心的囈語。在雨過天青之後，酷兒們在性別、宗教、家庭與社會的探索是一個持續不斷的過程。在同志光榮出櫃、多元成家的背後，獨特的身體經驗或許尚未為人所知曉；身體與情慾既親密又像敵人，但這樣的情感經驗卻可能是隱密而普遍的。我希望《女也》能像一份親密的禮物，以隱密而溫柔的語言，安慰經歷同樣掙扎的人們，教人喜悅自身，也與那既親密又像敵人的自己和解。

這本集子原來命名為《X也們》（讀音：他們）。「X也」是英文稱謂「they」的中文版本之一，當時在香港地區流行了起來，許多非二元性別者渴望被如此稱呼。命名為《X也們》即是希望，通過詩歌讓「他們」的經驗被理解，與社會形成一種「互為主體」的對照，亦即：沒有「主流」與「邊緣」的區別，與「X也們」相互承認彼此在社會中的位置。

但後來，我覺得《女也》或許更能代表這本詩集從性別焦慮（gender

dysphoria）過渡到「性別愉悅」（gender euphoria）的希冀，讓所有人對於自己的性別感受到舒服與振奮，讓名字都能被正確的指代、外貌都能被尊重。

二〇二五年於美國，聖路易市

《女也》詩作發表歷史

女神變形	收錄於《同在一個屋簷下：同志詩選》
女也	收錄於《同在一個屋簷下：同志詩選》
Discipline	《創世紀詩雜誌》秋季號第二一二期，二〇二二年
漁村女性職業傷害調查	英文版發表於文學雜誌《*The Margins*》
有條件的愛	《聯合文學》雜誌，二〇二三年十月號
百合	《自由副刊》二〇二三・一・二十
回音	《中國時報》人間副刊，二〇二二・八・八
華語電影與硬派父權	《自由副刊》二〇二二・十・十七
華語酷兒 Sinophone-Queer	《自由副刊》二〇二二・八・三十

東亞系課堂 I	《聯合文學》雜誌，二〇二三年六月號
東亞系課堂 II	《聯合文學》雜誌，二〇二四年七月號
我在路上為你化為骨頭……	《聯合副刊》二〇二二・八・九
氣數喪盡歌	《聯合副刊》二〇二三・四・二十五
安眠藥	《聯合文學》雜誌，二〇二三年十月號
意象	《中國時報》人間副刊，二〇二四・三・十一
襪子	收錄於《新世紀新世代詩選》
我愛你，有幾種排列組合的方式？	《聯合報》二〇一八・四・十八
水手	收錄於《新世紀新世代詩選》
民德四街	收錄於《新世紀新世代詩選》
晚春	《聯合副刊》二〇二三・八・十三
一陣風滑過我心底，靈感來敲門	《聯合副刊》二〇二三・八・十三

國家圖書館出版品預行編目(CIP)資料

女也/黃岡著. -- 初版. -- [新北市]：黑體文化出版：遠足文化事業股份有限公司發行, 2025.06

面；　公分. --（白盒子；16）

ISBN 978-626-7705-14-8（平裝）

863.51　　　　114004304

特別聲明：

有關本書中的言論內容，不代表本公司／出版集團的立場及意見，由作者自行承擔文責。

黑體文化　　讀者回函

白盒子16

女也

作者・黃岡｜責任編輯・張智琦｜封面設計・吳佳璘｜出版・黑體文化／遠足文化事業股份有限公司｜總編輯・龍傑娣｜發行・遠足文化事業股份有限公司（讀書共和國出版集團）｜電話：02-2218-1417｜傳真・02-2218-8057｜客服專線・0800-221-029｜讀書共和國客服信箱service@bookrep.com.tw｜官方網站・http://www.bookrep.com.tw｜法律顧問・華洋法律事務所・蘇文生律師｜印刷・中原造像股份有限公司｜排版・菩薩蠻數位文化有限公司｜初版・2025年6月｜定價・400｜ISBN・9786267705148｜EISBN・9786267705186（PDF）・9786267705179（EPUB）｜書號・2WWB0016